箏漏亭日常

矢島康吉

文學の森

箏漏亭日常――目次

二〇一〇年

二〇一一年

二〇一二年

二〇一三年

二〇一四年

装丁　クリエイティブ・コンセプト

箏漏亭日常

プロローグ　——私の『方丈記』——

人は一生のうちに、何度転居するのだろうか。生まれた地を、一度も離れたことがないという人もいる。地方から都会へ出て来た人は、何度も転居を重ねて、やがて定住の地に落ち着くようである。

私なども東京生まれだが、指折り数えてみると、十数回も転居している。転職と比例しているようである。五十代後半、勤務先の都合で転居した時、あの鴨長明の『方丈記』の一節を引用した転居通知を、友人、知人に出したことがある。つまり、

ゆく河の流れは絶えずして、しかも、もとの水にあらず。よどみに浮ぶうたかたは、かつ消え、かつ結びて、久しくとどまりたる例なし。世の中にある、人と栖と、またかくのごとし。

と、いいますが、小生、このたび左記へ転居致しました。お近くにおいでの節はぜひお立

ち寄り下さい。

というもので、このアイディアは気に入っていた。初めて『方丈記』を読んだ時、いつか私も方丈庵をつくって、住みたいと思っていた。それが、四十代半ばで実現した。義父の所有する、丹沢山塊の川べりの土地を借りた。道路から五〇メートル程下った低地であった。息子が一人部屋が欲しいというので、庭に四畳半のプレハブ小屋を建てたついでに、同じものを川べりに建てたのだ。

長明が日野山に結んだ方丈の庵は、約三メートル四方、高さ二メートルほどで、木材の継ぎ目はかすがいでとめ、「いつでも分解・移築が可能な、木造プレハブ住宅」であった。

台所は一メートルほどの庇を出して、かまどをすえつけた。竹のすのこを敷き、閼伽棚《あかだな》をつくり、ついたてを立てて、阿弥陀さまや普賢菩薩さまをかけた。寝場所は、わらびの葉や茎のよくのびたものを敷きつめた。竹のつり棚をつけ、革製の黒行李を三箱おき、中には、和歌の本や音楽の本などを入れ、その横に折り琴と継ぎ琵琶を立てた。

庵の外には懸樋があり、岩を立てて水を溜めてある。薪にする木切れは、近くの林からふんだんに拾える。長明の庵はざっとこんな状況であった。

私の方丈庵はどうかというと、本棚三つと机を置き、室内用のイーゼル（百号のキャンバスが架けられる）と琴を立てかけた。

自宅から徒歩五分の場所にあった。平日は勤めがあるので、庵に行くのは土曜、日曜である。飲料水とおにぎりを持参する。時には七輪でお湯を沸かしてコーヒーを淹れる。照明はローソクとランプである。携帯ラジオは欠かせない。

方丈庵では本を読み、油絵を描き、蝶の標本をつくり、琴を弾いた。周囲の人達には、優雅な生活にみえたようである。

長明の『方丈記』を読んで、私が疑問を持ったのは、食事と便所の記述がないことである。何を食べて、廃物はどう処理したのか、入口と出口の描写がないのである。方丈庵の内部を詳しく説明しているのに、この二点が欠落しているのが不満である。

ところで、堀田善衛の『方丈記私記』は、昭和二十年三月十日の東京大空襲の記述から始まっている。『方丈記』の出だしの「安元の大火」を意識してのことであろう。

それは、内田百閒の『新方丈記』も、空襲で焼け出されたところから始まっている。年譜には、昭和二十年五月二十六日とあるが、米軍側の記録にはなく、五月二十四日か二十五日ではないかと思う。ちなみに久保田万太郎は、五月二十四日に焼け出された。

『方丈記私記』にある堀田善衛の衝撃的な場面は、焼跡を視察する昭和天皇との遭遇である。

東京大空襲の一週間後の三月十八日、深川に住む知り合いの女性の安否が、気になって訪ねた。

女性は、深川不動堂と富岡八幡宮との中間に住んでいたが、あたりは土蔵と金庫がある位で、ほとんど何もなかった。九時過ぎ、

乗用車の列が、サイドカーなども伴い、焼け跡に特有の砂埃りをまきあげてやって来る。小豆色の、ぴかぴかと、上天気な朝日の光りを浴びて光る車のなかから、軍服に磨きたてられた長靴をはいた天皇が下りて来た。大きな勲章までつけていた。

堀田善衞は、工場跡のコンクリート塀の陰から、二百メートルと離れてない距離から眺めていた。「私は瞬間に、身体が凍るような思いをした」と書いている。

そして、三月二十四日に上海へ出発するまでの間、『方丈記』を暗誦できるほど読み込んだ、という。

一方、内田百閒の『新方丈記』は、焼け出された後、隣家の三畳の火の番小屋に、三年近く住んだ記録である。

まず、三つの不便とは、①炊事場②照明③後架《こうか》（便所）である。炊事場は、自宅の焼跡から七輪を掘り出して使った。照明の方は電柱や電線が焼けてしまったから、当分電気の来る見込みがないから、明るくなったら起き、暗くなったら寝ることにする。三つ目の後架（便所）は、長明も悩んだことだろう。

ところが、いとも簡単に「今日家内がこしらへた」と書き、どういう便所かを説明している。

小屋のうしろの屛陰に穴を掘り、その中へ焼け跡から持つて来たバケツを入れ、両側に歩道の敷瓦を一枚宛置いて設備は完璧である。入口には焼けトタンが立て掛けてあるから外からは見えない。上には椎の大樹の枝がかぶさつてゐるので少し位の雨なら傘の代りにもなる。

なるほどと思うが、バケツの大きさが分からないから、大小便両用として、満杯になったらどこへ捨てたのかは記述がない。

長明も、裏山に穴を掘って用足ししたと思うが、格調高い文章に便所のことは避けたのではないかと、推察するのである。

さて、私の方丈庵は、その後どうなったか。結論からいうと、解体して現場で燃やしたのである。というのも、泥棒に二回入られ身の危険を感じて、住むのが嫌になったのである。

一回目は、物盗りが目的でなく、オシメが捨ててあったことから、子連れの母子が一晩泊まっていっただけだった。二回目は、窓をブロックで割り、机や戸棚の引きだしを全部はずしてぶちまけ、足の踏み場もないほど散乱していた。書籍も本棚から引き抜かれていた。状態から見て二人組の仕業のようだった。現金のみを狙ったらしく、盗まれた物はなかった。水を張っていたバケツには、煙草の吸殻が二、三本捨ててあった。泥棒は一服してから帰ったようである。

私が平日は来ないことを知っていたのだ。もし、この日行っていたらと思うと、ぞっとして二度と泊まる気がしなかったのである。

このたび、十数年住んでいた家を引越すこととなった。古い上着よさようならではないが、家財道具等も最小限にして、かつての方丈庵近くに書斎を構えた。

ゆく河の流れは変わってはいなかった。田畑は潰され、住宅が建てられていたが、蛙達の鳴き声は健在であった。これからの新しい私の方丈記の始まりを祝うかのようであった。

ふりかへるときひとしきり竹落葉　西山 誠

二〇〇八年

句碑の墓場

先日、三年ぶりに真鶴へ行って来た。シベリヤ抑留者が、祖国の第一歩を踏んだ舞鶴ではない。神奈川県の真鶴半島である。真鶴岬には与謝野晶子の、

わが立てる真鶴崎が二つにす相模の海と伊豆のしら波

という歌碑が建っている。

真鶴を舞台にした小説には、古くは志賀直哉の『真鶴』、最近では『蛇を踏む』で芥川賞の川上弘美の『真鶴』がある。川上弘美は、私の住む小田急線の一駅先の鶴巻温泉に在住のようだが、見かけたことがない。そういえば、三年前になくなった『パルタイ』の倉橋由美子も、伊勢原に住んでいたが、市の行事とは没交渉であった。公民館の文学サークルなどに首を突っ込んだら、変なのが現れるから、関係しない方が賢明である。

「真鶴岬と三ツ石」は、かながわの景勝50選に入っていて、小田原を含めてこの辺の小学校では、

三、四年生になると遠足で行くことになっている。
私が小田原の本屋に勤めていた頃は、真鶴は営業区域で、小、中学校の図書館へ納入する時は、たびたび同行することがあった。

本屋を辞めて転職した建設会社の忘年会は、真鶴港近くの磯料理屋でやるのが恒例であった。

私は刺身が苦手である。鯵のたたきと、いか刺しなら食べられる。蟹はいいが海老は駄目。焼き魚、煮魚にすればいいのだが、生は駄目なのだ。口の中に入ってネチャッとする触感が嫌だ。白子などは見ただけで鳥肌が立って来るのだ。だから、いつも私だけ別メニューにしてもらっていた。

そんなわけで、真鶴とは以前から縁があった。三年前、中川一政美術館に行った時、入口の広場に車を止めて付近をぶらついたら、句碑のようなものが樹々や雑草に埋もれて転がっていたのを見た。

今回はそれが気になったので、美術館に入る前に調べることにした。句碑の周りは、枝打ちされ雑草も刈り取られてきれいになっていた。

句碑は台座から落ちて仰向けになっていたり、うつ伏せになっている。あ丶おいたわしや、と抱いて持ち上げようとしても、石だからビクともしない。地震で倒れたのかと思ったが、石像はちゃんと立っているから、地震でもないらしい。

改めてパンフレットを見ると、この場所は「石の広場」と命名されていた。それで石が多いのだ。もともと、真鶴は小松石の産地で、鎌倉の長谷大仏の礎石や、北条氏一族の墓石にも使われた。

小田原攻めに秀吉は、長期戦に備えて石垣山にいわゆる「一夜城」を築いた。私は数回、石垣山に登ったが、今でも真鶴産であろう石が転がっている。

江戸城を石垣に改築する時、真鶴半島から船で江戸へ運んだという。十九世紀中頃に幕府は、品川台場を皮切りに、小田原、真鶴、大磯に台場を作った。その後、土木建築資材として真鶴石は需要があったという。

「石の広場」の入口、道路に面して片山哲の詩碑が建っている。

片山哲といっても、今では知っている人は少ないだろう。同行の女性も五十代だが、何した人と聞いてくる始末。

戦後、昭和二十二年五月社会党の委員長で首相となったが、片山内閣は九カ月しかもたなかった。

漢詩の素養があり、岩波書店から『大衆詩人　白楽天』という本も出している。

詩碑には、

愛真鶴岬
我年来好鶴清浄
黄鶴迎我登霊峰
真鶴飛舞姿景勝
清節守道愛鶴岬

片山　哲

と刻まれている。一九六八年（昭和四十三年）十一月に設置された。

広場の左手、トイレの裏の小山に、台座の上に石の胸像が建っている。太い丸形の眼鏡をかけている台座の正面に「胎中楠右衛門君」とある。

傍らの副碑の説明によると、昭和三年田中義一内閣時代の代議士で、真鶴の修築と、町営水道敷設に功績があった人物という。

三年前に来た時は、笹竹と雑草に覆われていて、石像があるとは知らなかった。ここも奇麗に刈ってあった。

倒れている句碑を読みながらメモを取っていると初老の夫婦が寄ってきて、何をされてるんですか、という。

誰の句碑か確認しているのだが、この前来た時は草木が茂っていて解らなかった、奇麗になってますね、といったら、私らが二日前に刈りとったのだという。定年後、何か役に立つことをしようと、町役場にボランティアとして登録し、役場の指示であちこち枝打ちや草刈りをしている、ここは六人がかりでやったという。

私ら俳句には門外漢なので解りませんが、有名な方ですか、と聞くので、あそこの丸くて仰向けに転がっている句碑の人ね、八十いくつのお婆さんでまだ生きてらして、ナントカ賞など受賞されたり、俳句雑誌のグラビアに載ったりしている有名な俳人ですよ（特に名を秘す）。私も俳壇のことは、よく解りませんが、この位は解りますがねといった。

この現状を見て、誰も連絡しないのだろうか。私は銅像や句碑、歌碑の除幕式に出たことがないので、どういう儀式をするのか知らないが、覆った幕の紐を引くのか、テープカットでするのか。

この句碑も、拍手と歓声で華やかに大勢の人から祝福されたであろうに、今や句碑の墓場のような現況を、本人は知らず、弟子達も知ってか知らずか、ほったらかしにしている。

句碑の傍らには、台座から落ちた状態で、人間の上半身らしい石像が、青いビニールシートに包まれ、首のあたりは紐でグルグル巻になっていた。まるで死体が転がっているようだった。

この石像は何ですか、とボランティアに聞いた。分かりません、皆気味悪がって紐をとかなかったのです。そうですか、こういうものは、神主にお祓いしてもらうか、坊さんに読経してもらってから開けた方がいいですよね、と私はいった。

推理作家なら『真鶴岬殺人事件』などと書けそうである。後日、インスタントカメラの写真を見たら「胎中楠右衛門像」の左目が、まるで生きているかのように写っていたので寒気がした。

「石の広場」の現状を見て、すぐ頭にうかんだのは、十年前に「中国東北（旧満州）周遊の旅」で行った「旅順」のことである。日露戦争戦跡巡りで、乃木大将とステッセル中将が会見した水師営や二〇三高地に登って旅順港を眺め、東鶏冠山の堡塁を見学するコースは、大正時代以来の小学生の遠足と全く変わらない。

日本軍の砲撃で百年近く放置されたままの石の山に並んで、墓石のような石碑が倒れているのを見つけた。ロシヤ軍の食糧庫と貯水槽の傍らであった。ロシヤ文字でコンドラチェンコと読めた。あとで『日露戦争全史』（時事通信社）を見たら、コンドラチェンコは旅順の英雄で陸軍少将であることが解った。顔写真も載っていた。おそらく石碑は、文化大革命の時に、紅衛兵《こうえい》が倒したのであろう。

それにしても、「石の広場」の現況は酷いものだった。かつて、句碑建立の流行した時期があったという。どこかの町興しで五万円出すと、自分の句碑を建ててくれるという記事を新聞で読んだことがある。湯河原にもあると、人づてに聞いたことがあるが、まだ行っていない。

私の俳句仲間で最近、墓地を購入した人がいる。墓石の側面に自作の句を刻んだ。若い頃、著名な俳人（特に名を秘す）の特選となった自信作だという。ところが、脱字があって困っている。上五の「降るやうな」が「降るやな」となって「う」が抜けていた。渡した原稿を見せろ、といっても捨ててしまった「降るやな」となっていた、と主張して水掛け論である。石だから直しようがない。

最近、我が家の周りにも公園墓地が造成され、やたらチラシ広告が入ってくる。

先日、電話が鳴ったので恐る恐る受話器を取ったら、「墓地をお安くしておきますがいかがですか墓石付です」というので、「まにあってますよ」と答えた。

夏草や兵どもがゆめの跡　芭蕉

小林多喜二

小林多喜二の『蟹工船』が読まれているという。売れ出したきっかけは、今年一月九日の毎日新聞紙上で、作家の高橋源一郎と雨宮処凛の対談中、

「昭和初期の作品ですが、たまたま昨日、『蟹工船』を読んで、今のフリーターと状況が似ていると思いました」

という雨宮処凛の発言が拍車をかけたらしい。

すでに、前兆は『蟹工船』のマンガ化にあった。一昨年（二〇〇六年）十一月二十六日しんぶん赤旗日曜版に、十一月二十七日朝日新聞の朝刊に4段1／2の広告が載った。

マンガファンとしては嬉しいことだが、「30分で読める…大学生のための」というキャッチフレーズが気になった。さらに広告コピーには、

「ロシア国境に銃撃を覚悟で侵入する蟹工船…

戦争、暴力、貧困を　生み出す仕組みを　リアルに描いた　不朽の名作が　今、漫画でよみが

える」

とあった。

最近の大学生は、名作もマンガでないと読まないのか。とすれば、読まないよりマンガでも読んだ方が増しかと思った。私も読んだ。目次の次に、

「日本資本主義の黎明期にあって犠牲となった幾多の人々にこの一冊を捧げる——

白樺文学館多喜二ライブラリー」

とあり、マンガを見たあと、必然的に原作を読みたくなるのである。

それから半年程して、今度は『蟹工船』の読書エッセーコンテストの募集広告が載った（朝日新聞夕刊二〇〇七年七月十八日）。

主催は多喜二が卒業した小樽高商（現・小樽商科大学）と、白樺文学館多喜二ライブラリーである。

『蟹工船』をマンガでも、Ｗｅｂでも文庫でもいいから、読んだ感想を送れというのである。

蓋を開けたら中学生、高校生から三十五歳迄のフリーター、派遣労働者、アメリカ、中国からも全部で百二十篇の応募があった、という。

どれも、自分の生活や体験を通して、真剣に取り組んでいて、内容的にも審査員を唸らせた。

フリーターや派遣労働者は、『蟹工船』は遠い過去の話ではなく、状況は今も生きているので

はないか、という感想が多かった。

二〇〇八年五月になると、『蟹工船』の報道はピークに達し、新聞、週刊誌、テレビでは、「みのもんたの朝ズバッ！」でも取り上げた。

その矢先、六月八日二十五歳の派遣労働者が歩行者天国へ突っ込んだ「秋葉原無差別殺傷事件」が起こった。

私はインタビューを受けていた青年の言葉が耳に残っている。彼も派遣社員だがリーダーをしている。「僕の周りにも、いつ解雇されるか解らない奴らばかりなんですよ。その不安定な奴らを、僕は引っ張っていくんです。朝からぶつかって来ては荒れる、一歩間違えばあのような事件を起こしかねない。他人事ではないんです」と涙ながらに訴えていた。

私は週刊誌に載っていた、JR上野駅構内の書店に行ってみた。入口に新潮文庫の『蟹工船・党生活者』が、山のように積まれていた。週に八十冊売れて、この店の文庫売上げベストスリーに入っていた。

多喜二は、日本共産党への資金援助と、『蟹工船』の最後の方で「献上品」の蟹缶に「石ころでも入れておけ！　かまうもんか！」というくだりの文章で不敬罪の追起訴を受けた。

そして、一九三〇年（昭和五年）八月二十一日、東京・中野区の豊多摩刑務所に収監された。

豊多摩刑務所は、私の生家から七、八分の所にあり、私が通学していた中野区立野方小学校の隣にあった。小学校の創立は明治十五年、刑務所は明治四十三年に市谷監獄から移転してきたから、小学校の方が古いのである。

豊多摩刑務所は、江戸は小伝馬町の「牢屋敷」を祖とする由緒ある刑務所で、当時は八〇%が思想犯であった。作家になる前の佐多稲子は、赤ん坊をおぶって夫の差し入れに通っていた。

小学校から見る刑務所の時計台は美しく、図画の野外写生の時はいつも描いていた。刑務所は、近代建築の母といわれた後藤慶二の設計であった。

一九四六年（昭和二十一年）三月、ＧＨＱに接収され、軍人・軍属の犯罪者を収容する「ＧＨＱ拘禁所」となった。私が小学五、六年生頃、早稲田通りに面した生家の庭に、縦一メートル横二メートルの案内板が建った。英語でゴチャゴチャ書いてあったが、要するに「拘禁所は五〇〇メートル先を左折せよ」だった。立川方面から護送車が走ってきて、この案内板を見ると運転者はホッとしたらしい。

年に一回の割りで脱獄騒ぎがあり、サイレンが鳴ると厳重に戸締まりして、息を潜めて恐い思いをした記憶がある。

さて、多喜二は一九三一年（昭和六年）一月二十二日に保釈出獄する。疲れた体を癒し、疥癬を治す為に東京に近い温泉を探した。誰の紹介か解らないが、三月中旬、小田急線で新宿から相模厚木駅（現・本厚木駅）下車、八キロ奥に入った七沢温泉の福元館の離れに一カ月近く逗留し、『オルグ』を書き上げたという。バスもタクシーもない時代である。二つの峠を越えて行ったというから、徒歩でどの位時間がかかっただろう。

先日、この所の多喜二ブームもあり、私は福元館を訪ねた。私の住む小田急線の伊勢原駅から、タクシーでたったの十五分である。

前もって多喜二のいた離れを見せて下さい、と電話を入れてあったので、宿に着くと、その足で仲居さんが高台にある離れに案内してくれた。登り階段を数えたら二十七段あった。白萩の花が階段に零れていた。庭にはひとかたまりの曼珠沙華が、赤を競うように咲いていた。

離れの間取りは三畳、六畳、八畳で縁側が付いていた。今は刈込みされているが、当時は竹や樹木に囲まれて、下の道からは見えなかったようだ。

六畳間には、多喜二が使っていた行火、火鉢に南部鉄瓶、原稿を書いた小さな卓袱台、その上に徳利と御猪口が置かれ、鴨居には丹前が掛かっていた。

最近の多喜二ブームで、北海道から九州まで訪ねてくる人があり、壊すに壊せないし、解体しないでいつまでも保存して下さいという声が多く、最近、屋根を葺き替えたという。

見学を終え、宿に戻って部屋に入ると、女将手作りの「おはぎ」を出された。伝聞によると、多喜二は「おはぎ」が好きでよく注文していたという。離れの見学者には、多喜二を偲ぶ意味で

「おはぎ」を出すのが恒例になっている。上品な甘さだった。

七沢温泉は「泉質は透明でアルカリ性単純温泉」ということで、皮膚病、胃腸病、リウマチに効くとのことで、私も朝晩二回浸かっただけで、永年の足の痒みがすっかりとれていた。

多喜二の疥癬も完全に治ったに違いない。私が証明です。

翌日、バス停のある七沢温泉入口まで歩いた。緩やかな坂道を、多喜二も眺めたであろう、東丹沢の山脈を振返りながら下って行った。

小鳥来る小林多喜二の隠れ家に　康吉

参考資料

『獄中の昭和史――豊多摩刑務所』（青木書店）
白樺文学館多喜二ライブラリー『私たちはいかに「蟹工船」を読んだか』（遊行社）

小林多喜二　その二

先日、必要があって『獄中の昭和史――豊多摩刑務所』（豊多摩（中野）刑務所を社会運動史的に記録する会編／青木書店／一九八六年三月）を読んでいて、興味を引く事項があった。

豊多摩刑務所は、東京・ＪＲ中野駅北口より約一キロメートル、西武新宿線沼袋駅南四百メートルの距離にあった。現在は、正面の建物の一部を残して、すべて解体され、跡地は平和の森公園になっている。

この本は、治安維持法違反で昭和三年から昭和二十年頃までに入獄した数十人の手記から成っている。執筆者には野坂参三、春日正一、大塚金之助、タカクラ・テル、土方与志等もいた。

私が興味を持ったのは、独房に入った彼等が壁をトントンと叩き合って、会話をしていたことである。壁叩きのルールが、お互いに解っている者同士なら問題ないが、初めて聞く者にとっては解読するのに数カ月かかった人もいた。

小林多喜二は、年譜によると昭和五年八月二十一日から昭和六年一月二十二日迄の約五カ月入獄していたが、ついに解読できずあきらめたのである。
それは、多喜二が豊多摩刑務所を出てから書いた「独房」という作品に載っている。

コツ、コツ、コツ…………。
隣りの独房から壁をたたいてくる。
コツ、コツ、コツ………。
こっちからも直ぐたたきかえしてやる。

（中略）

ある同志たちが長い間かかって、この壁の打ち方から自分の名前を知らせあったり、用事を知らせあって連絡をとったときいたことがあるので、俺も色々と打ち方の調子をかえたり、間隔を置いたり、ちぢめたりしてやってみようとしたが、うまく行かなかった。

（「独房」）

私は、この作品をユーモア小説として読んだ。思わず吹き出した個所があり、全体に明るいのだ。
多喜二らしき「田口」という男が、独房から一年ぶりにシャバに出て来て、刑務所内の出来事等を語る、という形式をとっている。

多喜二自身は、この作品を低く評価している。

「ぼくは二度と『独房』のような作品を書いてはイカンと、自分に命令することにした」と書いている。

「独房」は十二話から構成されているが、第一話が「ズロースを忘れない娘さん」第二話が「豆の話」となっていて、このことが低俗すぎて反省点になっているのだろう。

「ズロースを忘れない娘さん」というのは、Y署の「特等室」といわれた留置場に入れられる。隣家とくっついているので、一日中ラジオが聞こえてくる。そればかりか、留置場の窓の真上が「物干台」になっていて、十六、七の娘が洗濯物を持って、急な梯子を上って行くと、真下から観音様が見える、というわけで「特等室」の意味はこれであった。

しかし、ズロースを穿いてない日はめったになく期待はずれの日が続く。ある日、夕立がきて娘があわてて干し物を取り込みに梯子を駆け上がってきた。今日こそはズロースを忘れているだろうと、窓によって息をのんで上を見ると、「畜生！　何んてことだ、又忘れてやがらない！俺たちはがっかりしてしまった」という話である。

一般にズロースが普及したのは、一九三二年（昭和七年）十二月十六日、東京・日本橋白木屋の火事がきっかけだと言われている。

「独房」が発表されたのは昭和六年七月だから、その頃は穿いている方が少なかったか。

そこで、ロシヤ語同時通訳者にして作家の米原万里の著作に当たってみたが、彼女は「パンツとふんどし」の研究家だった（『パンツの面目ふんどしの沽券』筑摩書房／二〇〇五年六月）。

米原万里の名前を最初に見た時、私は直感的に共産党衆議院議員だった「米原いたる」の娘ではないか、金持ち？の共産党員でソビエトでも留学したのではないかと思った。

私が東京・中野区に住んでいた頃、共産党の立候補者は４区松本善明、２区米原いたる、と判で押したように決まっていた時期があった。

日本がまだ後進国であった頃、「パトリス・ルムンバ名称民族友好大学」がソビエトに開校された。アジア・アフリカの青年を授業料免除、生活費支給で学ばせた。

その大学の出身者は、帰国してどういう道を歩んできたのか知りたいものである。私が知っているのは、米原万里が「師匠」と呼んだ上智大学教授の徳永晴美（男性）ただ一人である。

◆

さて、多喜二も投げ出した壁信号は、次の表のようにア・イ・ウ・エ・オを基本にしていた。

例えば「ア」ならトン（小休止）トン

ア	イ	ウ	エ	オ	マ	ミ	ム	メ	モ
1-1	1-2	1-3	1-4	1-5	7-1	7-2	7-3	7-4	7-5
カ	キ	ク	ケ	コ	ヤ	ユ	ヨ		
2-1	2-2	2-3	2-4	2-5	8-1	8-3	8-5		
サ	シ	ス	セ	ソ	ラ	リ	ル	レ	ロ
3-1	3-2	3-3	3-4	3-5	9-1	9-2	9-3	9-4	9-5
タ	チ	ツ	テ	ト	ワ	ヰ	ヱ	ヲ	
4-1	4-2	4-3	4-4	4-5	10-1	10-2	10-4	10-5	
ナ	ニ	ヌ	ネ	ノ	ン				
5-1	5-2	5-3	5-4	5-5	11-1				
ハ	ヒ	フ	ヘ	ホ					
6-1	6-2	6-3	6-4	6-5	濁音、半濁音は連続二回音				

信号表

「イ」ならトン（小休止）トントンとなる。「ン」はトンを11叩いて（小休止）トンだから大変だ。

最初は「オハヨウ」「オヤスミ」から始めて、「キミハタレカ」「ボクハフジタダ」などとやっていたが、慣れてくると会話をするようになった。「キミハアカカ」と壁を叩いてくる。「ソウダ」と答えると、名前や所属団体をお互いに名のり、家族のことや革命運動のことで議論したりして、退屈することはなかったのである。

ある者は短歌に詠んで当時を回想している。

アイウのウ　アカサのサと一つ一つ壁を叩いて議論もしたり

石の壁たたいて二年指のタコも石の如くに堅くなりたり

この暗号表を見て私は、ロシヤのサンクト・ペテルブルグのペトロパヴロフスク要塞監獄の暗号表を思い出した。要塞の中に歴代皇帝の石棺が葬られている寺院と共に、監獄も観光コースになっていた。

	1	2	3	4	5
I	А	Б	В	Г	Д
II	Е	Ж	З	И	К
III	Л	М	Н	О	П
IV	Р	С	Т	У	Ф
V	Х	Ц	Ч	Ш	Щ
VI	Ы	Ю	Я		

ロシヤ語暗号表

一九七六年（昭和五十一年）に行った時には、まだ暗号表はなかった。十二年後の一九八八年（昭和六十三年）に行った時には整備したのか、独房の扉に上のような暗号表が掛かっていた。

「A」はトン（小休止）トン　だから日本語の「ア」と同じである。

「B」はトン（小休止）トントントンである。

この監獄も豊多摩刑務所と同じで、政治犯、思想犯が監禁されていた。デカブリスト達やチェルヌイシェフスキー、レーニンの兄のアレクサンドル・ウリヤノフ、ドストエフスキー、ゴーリキーなどが監禁されていた。ゴーリキーが入ってきた時は、トントトン通話でその日のうちに、全員に知れ渡ったということだ。

それにしても、ロシヤ語のアルファベット28文字に対して、日本語は48文字だから一・七倍の複雑さである。トントン通話は万国共通だろうが、日本語の通話は難しかったに違いないと、暗号表を見ても解るのである。

日記について

早いもので、あと一カ月で今年も終わりである。九月にはもう来年の手帳や日記帳が、書店に並び始めた。手に取って見ると、手帳は「能率手帳」と「手帳は高橋」が占めており、日記帳は博文館と高橋書店のものが圧倒的に多い。

そもそも日記帳の始まりは、大蔵省印刷局が明治十三年に発行した「懐中日記」ではないかということだ。内閣印刷局の委託で、博文館が発行した「当用日記」は、ずっと下って明治二十九年である。

その後、博文館独自の「三年連用当用日記」が発行され、五年もの十年ものも出すようになった。

出久根達郎のエッセイに、友人へクリスマスのプレゼント用に「三年連用当用日記」を十冊買ったが、先に贈られてきて渡す機会を失った。日記帳は進呈するものではなく、自分で金を出して買うべきだと思い、十冊の日記帳は自分で使うことにして、三十年かかって使い切ったという。

その博文館の「三年連用当用日記」は、函と表紙が若草色で、商品番号は十四番のものであろう。

◆

二十代の頃、今でいうフリーターであった私は、新聞の求人欄を見て、手帳、日記帳出版の高橋書店へ面接に行ったことがあった。社長とおぼしき六十代半ばの丸顔で頭の禿げた、穏和で愛想のよい、いかにも商人らしい顔つきを見て、この会社は安泰でこれからも伸びるだろう、と直感的に思った。インテリ顔は能書きばかり言って、出版経営には向かない、というのが私の持論である。

面接は十分とかからず、即採用となったが、仕事は商品管理で後楽園球場の方に倉庫があるから、そこで在庫管理してもらいたい、ということであった。私は肉体労働が苦手である。一時間と立っていられないのだ。それで入社を辞退したわけだが、あれから五十年、「手帳は高橋」のCMは出すは、新聞の全面広告は出すは、今や推定年商六十億円だというではないか。私の予想は当たったのである。

◆

文学者の日記を挙げたら切りがない。すべて面白く読んでいる。その中で特に私が関心があるのは、

1　永井荷風　　『断腸亭日乗』
2　武田百合子　『犬が星見た　ロシア旅行』
3　木山捷平《しょうへい》　『酔いざめ日記』
4　太田静子　　『斜陽日記』

であるが、今回は3と4をとりあげたい。

木山捷平の『酔いざめ日記』は、昭和七年から昭和四十三年に死去する迄の日記である。

私の興味ある個所は、昭和八年二月二十一日から二十三日迄の小林多喜二の記述である。

多喜二は、敬愛する志賀直哉の誕生日（二月二十日）に逮捕、虐殺され、浩宮殿下と私の誕生日（二月二十三日）に馬橋の自宅で葬儀が行なわれた。

多喜二は、昭和六年七月に東京・杉並区馬橋三丁目三七五番地に家を借りた。十カ月後の昭和

七年五月に木山捷平は四四〇番地に引越してきた。

捷平は後に「太宰治」(「新潮」昭和三十九年七月号)の中で書いているが、多喜二の住居と同じ町内の65番地違いだったことを新聞記事で知り、線香の一本でもあげたいと葬式に出向いたが、二、三町ゆくと私服刑事がうろちょろしていて、逮捕されたらかなわんと、家へ引き返したのである。

ずっと飛んで、昭和三十三年七月一日の日記には、「満月。下曾我尾崎一雄氏訪問。十二時に家を出る。湘南電車で国府津より御殿場線で下曾我に三時五分着(汽車賃二円三十銭)。尾崎邸は始めて。この辺は田植は終っていた。曾我兄弟の墓、太田静子の旧宅などを見る。碁九子二戦二敗。酒の御馳走になり、十時五分発の汽車で帰る。長女の一枝さん臨月で下曾我に昨日から来ている由。お土産に手製の梅干、しそまきをもらった」という記述がある。

曾我兄弟の墓があるのは「城前寺」である。境内には昭和五十年二月建立の高濱虚子の〈宗我神社曾我村役場梅の中〉の句碑が建っている。

太田静子の旧宅とは、城前寺から五、六十メートル行った右側にある「雄山荘」のことである。

静子は母と住んでいた頃の回想記を書いていた。太宰は『斜陽』を書くのに必要と、この手記を借りるため下曾我へ来て、昭和二十二年二月二十一日から二十五日迄山荘に滞在した。

「二月二十一日、太宰は下曾我の山荘に静子さんを訪れた。その夜、ふたりは結ばれた」

と、筑摩書房の太宰担当の野原一夫は、本人から聞いたのかどうか知らないが、断定している。一読者としては、なか一日おいて二十三日に懐妊したと思いたい。静子は念願の赤ちゃんを十一月十二日に産んだ。「治子」（はるこ）と命名した。

十年前（一九九八年）、私が勤めていた本屋の主催で、小田原文学散歩があり、私は世話役として参加した。丁度、太宰治没後五十年ということで、雄山荘もコースに入っていた。門の隙間から覗いていたら、梅の手入れの帰りといった爺さんが、何してるだというので、カクカクシカジカ皆さん家の中を見たいのだがどうしたものかね、というと、ワシが管理頼まれてるだ、鍵とって来るから待っとれ、といった。

建物の中に入れるというので、皆さん喜んだ。敷地六百余坪に四十坪の建物。支那風の寺のような外観で、十畳間、六畳間、支那間、玄関と風呂場に三畳、食堂、お勝手と屋根裏のスペイン風の寝室があった。廊下から富士山が正面に見えた。

『斜陽日記』によると、晴れた日には伊豆半島の天城山、熱海の十国峠もよく見えたというが、現在は、ビルや住宅が建て込み、荒れ放題の木々に囲まれて見ることはできない。

◆

私の少年時代には、露地から露地へリヤカーを引いた屑屋が「くずーい、屑屋でございい」「屑ヤーお払い」等といいながら、週に一、二度廻って来たものである。新聞、雑誌、書物などを買い集めた買い子は「建場」へ売り渡す。そこへ、売れそうな雑誌書物を物色する建場廻りの古本屋は少なくなかった。

「肉筆日記蒐集歴四十年」の青木書店店主、青木正美もその一人であった。古本市でも有名無名を問わず、意識的に他人の日記を集めてきた。

古本屋だった出久根達郎は、集めるつもりがないのに「大方は古書市場で一括で買い入れた本の山にまぎれていたもの」で、自然と集まってしまい「名も知れぬ人の日記」など値のつけようがないから、廃棄処分にするということだ。

無名の人の日記が売れる条件は、満州在住だったとか、特殊な職業や地位についていたとかの記録、古川ロッパもいっているように、昭和十九年には「本屋の店頭から日記帳が一冊も無くなった」から、その頃の日記帳が出てきたら値がつくだろうという。

ところで、私は小学六年生から日記をつけている。先生の強制ではない。動機が不明だが、今に続いている。種々日記帳を試してきたが、今では大学ノートにしている。私の場合百五十枚のノートがほぼ一年分である。

二十年前、わけあってワンルームマンションに引越す破目になった。本と日記とスクラップブックは狭くて持って行くわけにいかない。近所の古本屋に買取りに来て貰ったが、日記とスクラップブックはおよびでなかった。焼却場行きですな、と言った。

仕方なく「可燃物」（燃えるゴミ）を出す日に、収集場所へ朝五時に起きて、誰にも見られないように捨てて来た。ビニール袋に詰めて両手に下げ、三往復したことを覚えている。

あれから又、二十年分の日記が溜まった。私が芥川賞か直木賞を取れば、引取り手もあるだろうが、そのような可能性は万が一にもないだろう。

ならば、今度は「資源ゴミ」の収集日に出して、トイレットペーパーとして生き返らせる方法しかないのか、私の日記帳は、お尻を拭く再生紙になって本望なのか。それでも、私は日記を止めるわけにはいかないのである。

空白のあらざる五年日記果つ　康吉

参考資料

青木正美『自己中心の文学』（博文館新社）

青木正美『古本商売　日記蒐集譚』（日本古書通信社）

青木正美「『日記買います屋』懺悔録」（「新潮45」連載）

出久根達郎『人は地上にあり』（文春文庫）
「小説新潮」二〇〇八年四月号
「彷書月刊」二〇〇八年九月号

二〇〇九年

おからの話

西部古書会館は、東京・JR高円寺駅北口から徒歩三分にある。グループに加盟している古書店が、月一、二回即売展を開いている。

小学校時代の同級生Y君の案内で、東京・三鷹市の文学散歩をすることになり、古書展開催中の西部古書会館で待ち合わせた。

私は『ドキュメント東京大空襲』など五冊を買い、Y君は絶版の文庫本を二冊買った。

本が重いので、貸ロッカーに預けることにした。高円寺駅の改札口横にあるロッカーには鍵が付いていない。使用中のは赤ランプが点灯している。Y君もこういうロッカーは初めてだという。中央に画面のようなものがあり、そこで操作するらしい。指示通りに押したら、チャリーンと百円玉が四つ出てきた。

そばにいた若奥様に、お金入れましたか、と問うも入れませんという返事である。鍵もかかって赤ランプがついた。鍵番号を印刷したレシートのような紙が出てきた。鍵番号は六桁である。

暗記できそうもないから、紙をなくしたら開かないだろう。ロッカー代は三百円、前の利用者が操作が解らず釣銭を取らずに帰ったのだろうか、訳が解らず、三百円プラス四百円の七百円儲かってしまった。

JR三鷹駅に降りたのは二十年ぶりである。高校の担任教師の葬儀に来て以来である。葬儀は禅林寺で行なわれ、その時、初めて太宰治と森鷗外の墓を見た。

南口から玉川上水に沿って行くと、太宰が飛び込んだという地点に文学碑があった。そこからほど近い「太宰治文学サロン」に寄った。二〇〇八年三月の開設で、太宰に関係あるTシャツや一筆箋、絵葉書セットなどを販売していた。職員も積極的に話しかけてきて、好感が持てた。

Y君が、このあたりに蕎麦屋があった筈だから、そこで昼食にしようと探し回ったが見つからない。

住宅街の一角に「ハルピン」という中華料理の店があった。旧満州物の古書を蒐集している者にとっては、店名が気に入った。店内はカウンターに五、六人、奥に四人掛けのテーブルがあるだけである。

メニューからハルピンラーメンと小籠包を注文した。ハルピンラーメンには、豚の角煮と木くらげやホウレン草がのっていた。スープも麺も私を満足させた。今まで食べたラーメンの中で、三本の指に入るだろう。しかも値段が五百五十円と安いのだ。

厨房の五十代の女性はハルピン生まれで、母親は看護婦だった。中国側の要請で残留し、昭和五十三年に帰国、四年後に店を始めたという。店を出ると五、六人の客が並んでいた。

そこから、山本有三記念館に寄った。門前に置かれている石が「路傍の石」だという。小さい石を連想していたのだが、二、三人が座れるほどの大きな石だった。

夜七時半、かねて寄ってみたいと思っていた高円寺の「古本酒場K」に行く。

喫茶店と兼業の古本屋はあるが、アルコールを出す古本屋は珍しい。入口の百円均一の箱から、中村真一郎の『昭和作家論』(構想社)を求めた。カウンターの前と壁に書棚はあるが、ざっと見たところ欲しい本はなかった。

ビールとつまみに「大正コロッケ」なるものを注文した。マスターは古本商売十年のキャリアがある。酒のつまみのメニューには、古本屋らしく作家の小説やエッセイに出てくる料理を「文士料理」と称して出すのである。

例えば、森茉莉の『記憶の絵』から「牛肉とキャベツの煮物」、武田百合子の『富士日記』から「茄子のニンニク炒め」、吉田健一好みのハムエッグや向田邦子の好んだオカズ等々。「大正コロッケ」は、檀一雄の『檀流クッキング』から拝借したおから料理の一つである。

まず、アジかトビウオのスリ身を作り、そこへおからを入れよくかきまぜ、ネギのザク切りと乾燥したサクラエビをまぜ合わす。ツナギにメリケン粉と卵をまぜ合わせたものを、天ぷら油で揚げる。手間がかかるが、店の定番となっているそうである。

おから（卯の花）といえば、真っ先に頭に浮かぶのは、落語の「千早振《ちはやふ》る」である。百人一首にある在原業平《ありわらのなりひら》の、

千早振る神代もきかず竜田川からくれないに水くゞるとは

の珍解釈である。

最近は、この落語を演ずる噺家が少ないので、一応説明しておこう。

百人一首に凝った娘に、この歌の意味を聞かれて困った八っつあんは、ご隠居さんに聞きに行くが、隠居も知らないと言えないから、知ったかぶりをして、珍解釈をする。

「竜田川」というのは、奈良県生駒郡を流れる川らしいが、落語では三年で大関になった相撲取りの名前である。「千早」は吉原の花魁で、「神代」というのは妹分である。

贔屓筋に吉原へ夜桜見物に案内された竜田川は、千早太夫のとりこになり、一晩でいいからと掛け合うが、千早は相撲取りは嫌いだと相手にしてくれない。それなら、千早に似ている神代に話すが、神代もきかない。千早にも神代にも振られた竜田川は、すっかりくさって酒は飲む、博打はうつ、稽古は怠るで相撲が弱くなり、相撲から足を洗って田舎に帰って、家業の豆腐屋にな

った。

光陰矢のごとし、あれから十年、ある秋の夕暮れ、女乞食が店先に現れ、「二、三日何も口にしてません。そこにある卯の花（おから）を少し下さい」という。竜田川がおからを差し出しながら、女乞食の顔を見ると、これがなんと千早太夫の成れの果てだった。

竜田川は、お前に振られた為に大関まで棒に振った。おからはやらない、と地べたに叩きつけ千早太夫の胸を突いた。

豆腐屋だから大きな井戸がある。よろけた千早は、前非を悔いて井戸に身を投げた。

からくれないに水くぐるとは

おからもくれなかったので身投げして（水くぐる）となる。

では、最後の「とは」てなァなんのことです？「とは」というのは千早の本名だった。

今井正監督の映画「にごりえ」を観たのは、昭和二十八年、高校へ入学したばかりの頃、焼跡、闇市から八年しか経っていなかった。

樋口一葉原作の「十三夜」「大つごもり」「にごりえ」のオムニバスであった。

銘酒屋「菊乃井」の酌婦お力《りき》（淡島千景）が、七つの少女時代を回想する場面を、今でも鮮明に覚えている。

原作では、味噌をこす竹ざるを持って米を買いに行かされ、帰り道にどぶ板の上の氷にすべって米をどぶに落としてしまう。どろ水の中の米を拾うわけにはいかず、その場に泣きくずれていた。

ところが、映画では、夕飯に近くの兵営から払下げになる残飯を買いに行かされ、帰りの雪解けの道にすべって、泥水の中にぶちまけてしまうのである。

この残飯が、私には「おから」に見えたし、最近まで「おから」だとばかり思っていた。白黒映画である。泥水に落ちた「おから」はじわじわと泥水を吸って黒く滲んでくる。それを少女は両手で掬って笊に入れるのである。

この場合「おから」の方がより効果的ではなかったか。

スタッフを見ると、脚色は水木洋子と井手俊郎、脚本監修が久保田万太郎となっていた。

万太郎には、

湯豆腐やいのちのはてのうすあかり

という名句がある。

脚本監修がどういうことをするのか知らないが、万太郎が「ここはおからにしたらどうかね」

と助言していればなあ、と悔やまれる。

万太郎の「湯豆腐」の句は、意外と少ないというし、おから料理は好きでなかったのだろうか。大正コロッケを食べさせたかった。

万太郎は、寿司の赤貝を気管支に詰まらせて窒息したという。七十すぎたら赤貝に気をつけよう。私は貝類は、シジミとアサリしか食べないから大丈夫である。

参考資料

『今井正「全仕事」』（ACT）
車谷弘『わが俳句交遊記』（角川書店）

東京大空襲のこと

今年もまた三月十日がやってくる。一九四五年（昭和二十年）の東京大空襲から六十四年目の三月十日である。

私は東京・中野の生まれだが、四、五歳の頃から就学までは、下町の本所地区に住んでいた。JR錦糸町駅付近にあった茅場国民学校（今の小学校）か、菊川国民学校のどちらかに、昭和十九年に入学した。半年ほどで祖母のいる生家に戻り、学童集団疎開で福島県へ行ったので、空襲には遭っていない。

認知症が始まった九十三歳になる母に、国民学校は茅場か菊川かどっちに行ったのかね、と聞いても「お前は学習院に行ったんだよ、あの時使った百万円返しておくれよ」と訳の解らないことをいう始末である。

毎年、三月十日が近づくと、新聞、テレビは特集を組む。昨年（二〇〇八年）は二本のドラマが三月に放送され、十二月にも再放送された。番組を観た方も多いと思う。

ＴＢＳの「3月10日東京大空襲　語られなかった33枚の真実」が三月十日と十二月八日に、日本テレビのドラマ「東京大空襲」が三月十七、十八日の二夜連続と十二月二十六日にも再放送された。

先日、高校の同期会に出席した時、東京大空襲の体験者が三人いて話を聞いた。

A君は日本橋区浜町公園のそばに住んでいて、明治座へ避難する予定だったが、浜町国民学校のプールの地下に新しく防空壕ができたので、そこへ避難して助かった、という。明治座へ行っていたら焼死していた。

S君は本所区の中和国民学校の一年生だった。祖母と父と妹が犠牲になった。自身も火傷をして、勲章のように白斑点となって残っている。十年前、東京都の「平和の日3月10日」の手記募集に応じ、審査委員賞に選ばれた。

僕は毎年三月十日になると下町を歩く。どこかに三人の骨が落ちていないか。

三人の死体のかすかなシミでも地面に残っていないか、日の暮れるまで下町を歩く。歩き疲れて大蛇のように黒々とうねりながら流れる河面を見つめながら、平和の意味を考える。じょうじょうと河の流れてゆく涯に天と交わる水平線があり僕の思いが空まで翔けあがり、

平和とひきかえに死んだ人々の無念を、叫びを、全身に受けて、夕暮れの下町から帰ってくる三月十日。（一部引用）

O君は深川の扇橋に住んでいた。父親は食糧配給事務所に勤めていて、町の警防団員でもあった。三月十日の空襲で、父はどこでどうなったか遺体は発見できなかった。母・姉・妹・O君の四人で、水が三〇センチほど溜まっている窪地に逃げ込み、降りかかる火の粉を水で消しつづけ助かった。

今、O君は「語り部」として、要望があればどこへでも行く。昨年は二十七カ所回った。中学校が多くみんな静かに聞いてくれ、感想文も送ってくるという。

体力が続くかぎり「語り部」の出前をすると、今年の年賀状に書いてあった。

ところで、永井荷風は空襲に三回も遭っている。年譜を見ると、一回目は三月十日で二十六年間住んだ麻布の偏奇館は、午前四時に焼けた。日誌と草稿を入れたボストンバッグを持って逃げた。二回目は五月二十五日、中野区住吉町のアパートで、三回目は六月二十八日岡山ホテルに投宿していた時である。『断腸亭日乗』に、「余は旭川の堤を走り鉄橋に近き河原の砂上に伏して九死に一生を得たり」と記している。この時、荷風六十七歳、危なかったらしい。

尾崎一雄の妻は三月九日、夫の原稿を持って下曾我から上京した。出版社や新聞社に届けて、稿料をもらってくるのである。

上京は一日がかりだった。深川木場の知人宅を訪ねて泊まろうと思ったが、うちが心配なので帰ることにした。十日の空襲に遭わずにすんだ。知人一家は全滅した。

山下清は大正十一年三月十日の生まれである。両親は陸軍記念日に男の子が生まれた、といって喜んだ。

清は、三月十日の東京大空襲の日には、千葉県の松戸にいた。三月十二日、歩いて焼跡を見に行った。千住、浅草、向島を歩いた。この時の印象を、四年後の昭和二十四年「東京の焼けたとこ」として貼り絵で描いた。

小林信彦は日本橋の千代田国民学校の六年生であった。埼玉県飯能の寺に、学童集団疎開していた。卒業式と中学受験のために、三月十日の朝、東京へ帰る予定だった。

その前夜、山の上をB29が何百機も飛んでいくのを見た。まもなく東京方面の空がオレンジ色に染まってきた。翌朝起きたら、下町は大空襲に遭って、ほとんど焼失したと知らされ、帰京は「無期延期」になった。

本所の菊川国民学校の六年生百八十八人は、三月一日に疎開先から帰京した。そのうちの八割が三月十日の空襲で焼死した。

私が幼児の頃、川に落ちて溺れていたところを助けてくれた、勝っちゃんもその一人だった。三メートルもある竹馬で、露地を闊歩していた勝っちゃんに捧げる一句。

竹馬の少年塀に座りをり　康吉

昨年末、私は東京・江東区北砂にある、三階建の「東京大空襲・戦災資料センター」を初めて訪ねた。

このセンターは、用地を一篤志家から無償供与され、四千人をこえる人々の民間募金によって、二〇〇二年に開館した。

公的助成もなく、すべて民間の寄付によって維持、運営されているという。早速、私も維持会員になった。

昨年六月迄の来館者は六万三千人である。約三分の一は小中学生で、全国から修学旅行生が立ち寄るという。

焼夷弾の原寸模型、映像資料、図書、体験者の手記、写真、絵画、空襲の被災品などが展示されている。

一階の図書室で珍しいものを見つけた。一枚の表彰状が額に入って、椅子の上に置かれていた。見ると、昭和三十九年十二月に、日本空襲の司令官だったカーチス・ルメイ米空軍参謀総長に、日本政府が贈った勲一等旭日大綬章の賞状のコピーだった。本人から借りてカラーコピーしたのだろうか。「裕仁」という天皇のサインが印象的だった。

センター近くの妙久寺には、石田波郷の句碑が建っている。

蘗蕿や焦土の色の雀ども

波郷は、妻あき子の母と二人の妹を三月十日の空襲で亡くしている。妻と長男は、空襲の七時間前に埼玉へ疎開させて無事だった。昭和二十一年三月十日に、東京・江東区北砂二丁目の妙久寺の隣に引越し、昭和三十三年まで住んでいた。焼跡を歩き廻り、町の風景と人々の生活を詠んだ。

六月の女すわれる荒筵　　石田波郷
東の間や寒雲燃えて金焦土
秋草や焼跡は川また運河

昨年二月、小名木川国民学校跡に、創立六十周年の記念事業として波郷の句碑が建立された。

百方の焼けて年逝く小名木川

久保田万太郎は、

句碑ばかりおろかに群るゝ寒さかな

と詠んだが、焼跡を詠む波郷の句碑はいくつあってもいいだろう。

林芙美子と阿部定

第一四〇回芥川賞が、津村記久子の「ポトスライムの舟」（群像十一月号）に決まった。新聞の文芸時評によると、「ワーキングプア」を借景にした、昔風にいえば女工、女給が主人公の小説で、「林芙美子『放浪記』並みの壮絶な働き方」（斎藤美奈子）をしている、というので急に読みたくなった。

地元の市立図書館に行ったら、「新潮」と「文學界」はあったが「群像」はなかった。予算の関係で購入してない、とのことである。隣町の図書館へ行くと「群像」は貸出中で返却待ちの予約者が七人もいて、私の手元に来るには一カ月後ぐらいになるだろう、と言う。諦めて、本が発行されるまで待つことにした。

文芸時評に林芙美子の『放浪記』の名が挙がっていたので、押入れの奥から取り出した。「文藝春秋」昭和四十一年発行で、『現代日本文学館』全四十三巻の内の三十巻目で「堀辰雄・林芙美子」のペアになっている。なんとなくおかしい。林芙美子となら、佐多稲子とか平林たい子とか宇野千代あたりと組むなら分かるが、『風立ちぬ』と『放浪記』では相性が悪いと思うのだが、編集はあの小林秀雄である。

しかし、ここに収録されている、瀬戸内晴美の「林芙美子伝」は秀逸である。『放浪記』を拾い読みしていたら、私は急に「林芙美子記念館」に行ってみたくなった。記念館近くに住む友人に、行き方を教えてもらった。

西武新宿線中井駅から徒歩七分、高台にあるのかと思ったら、坂の登り口にあった。芙美子は大正十一年に上京して、都内を転々とするが昭和五年に落合に移り、昭和十四年に三百坪の土地を購入し、参考書を二百冊近く買って研究し、昭和十六年八月に数奇屋造りの家を建て、十年住んで亡くなった。現在は(財)新宿区生涯学習財団(二〇一〇年より(公財)新宿未来創造財団)が管理している。

庭にはシラカンバ、ブナ、スダジイ、カリン、マツ、ナンテン、カタクリ、ザクロ、イヌサフラン等々の草木が植えてある。

建物の各部屋は外から見ることになるが、画家であった夫のアトリエ棟は展示室になっていて入ることができる。年四回の展示替えをしていて、今期は「舞台・映画になった芙美子」のテーマで、当時のポスターや出演者のスチール写真、台本などが展示されていた。

私の母は芙美子の熱狂的なファンであった。昭和二十五、六年頃、私達は芙美子の住む中井駅から二つ先の沼袋に住んでいた。
昭和二十六年七月一日、母は芙美子の葬儀へ焼香に行って来て、すごい人だったよ、と言った。私が中学一年生の時であった。
葬儀委員長だった川端康成は、当日のことを次のように書いている。

先日も家人と話したことだが、自分は死んでも葬式も墓もいらないと私は言つた。（中略）しかし、芙美子さんのやうな葬式になるならいいと、私は思ひ出してつけ加へた。文学関係の人人の焼香がすみ、これで型通りに葬式が終つたと思ふと、その後に、町のおかみさんなどの群れの行列が庭にはいつて来た。赤んぼを負ぶつたり、子供の手をひいたりの人もあつて、たいていは台所からそのまま出て来たやうな粗末な恰好である。年寄りも子供もまじつてゐた。それがたいへんな数であつた。この人たちは「文壇的」な葬式の終るのを、門のそとで待つてゐたらしい。この人たちの行列の焼香は感動的な光景であつた。芙美子さんの徳がこの人たちの町にひろがつてゐたのであらう。この人たちは道に群がつて、火葬場へゆく遺骸を見送つた。

（『川端康成全集』第二九巻「林芙美子名言集」）

この火葬場は落合斎場のことであり、斎場の近くの萬昌院功運寺に芙美子の墓がある。

十年前、内田百閒の墓を見に行った時、隣の寺に芙美子と吉良上野介の墓があることを知った。早稲田通りに面した落合の一画には、寺が十四、五固まっている。

私は、中井駅から一つ先の新井薬師前駅で下車し、お薬師様をお参りし、JR中野駅迄の商店街「薬師あいロード」を歩いた。確認しておきたいことがあったからである。

昭和十一年「阿部定事件」の定が仲居をしていた、料亭吉田屋の跡と私の祖母が仲居をしていた天ぷら屋の所在である。

阿部定事件とは、「一九三六年（昭和一一）年、東京尾久《おぐ》の待合で客の料理店従業員阿部定（当時三一歳）が愛人の料理店主を扼殺したうえ、外陰部を切り取り、逮捕されるまでこれを持ち歩いたという猟奇事件」（『グランド現代百科事典』）のことである。

商店街のほぼ中間にある、大正十四年創業の豆屋のおかみに訊くと、吉田屋は豆腐屋さんの横を入った右手で、今は新井東公園になっているというのが十年前の話である。今回は、ここで生まれ育ったという金物屋のおかみに訊いたら、丁度店の斜め前で、今は廃業したが甘納豆屋さんの隣ですよ、甘納豆屋さんは数年前に亡くなりましたと言う。時が経つと間違って伝わるのですねとも言った。天ぷら屋について訊くと、確かこの裏の通りのお薬師さま寄りにあったと思いますとのこと。

私の祖母は私の母を連れて天ぷら屋に住み込んだ。天ぷらを肴に酒も出し、天丼もメニューの一つだった。身をコナにして働いた。『放浪記』に「私の母は、八つの私を連れて父の家を出てしまったのだ」とあり、私の母も八つだったから身の上がよく似ている。

祖母には五人の子供がいた。七つ八つになると奉公に出した。男の子は丁稚奉公、女の子は子守奉公である。奉公先では学校などには行かせてくれないから、みんな読み書きができない。朝早く蹴飛ばされて起こされる。不平顔をしようものなら、誰が大きくしてやったんだと怒鳴られる。

成人すると奉公先を逃げ出し、男は満州へ行けば、苦力頭ぐらいにはなれるだろう。女は「学」もなければ「芸」もないから、酌婦になるほかない。

売り飛ばされても、子供は親を恨んだりしない。当たり前、こんなものだと思っているから、「おっかさん、おっかさん」と慕ってくる。強い絆で結ばれていたのである。

久保田万太郎に、

竹馬やいろはにほへとちり〴〵に

という句があるが、共に学んだ学友が、卒業すると丁稚奉公や子守奉公へちりぢりになってしまう、という解釈が一番好きである。

さて、女房を亡くして四人の子を残された私の祖父は、天ぷら屋に通いつめ、子連れでもいいからと祖母を説得し再婚した。

萬昌院功運寺に着くと、門前にガードマンが立っていて、寺に立ち入る場合は名前を書いてくれという。境内には幼稚園があり、犯罪防止の為でもある。

本堂の左手から墓地に入る。二列目の角に林芙美子の墓がある。汚れが目立つ。母キクと義父の墓もある。右手の裏角に「吉良上野介義央」の墓があり、左手の御影石には「吉良邸討死忠臣墓誌」とあり、三十八名の戒名、俗名、役職、年齢の順に銘記してある。

例えば、

小林平八郎　家老　五十三才

清水逸学　中小姓　二十五才

牧野春斎　茶坊主　十五才

最後に、「元禄十五年十二月十五日討死」としてある。

昭和十一年は「二・二六事件」と「阿部定事件」で持ちきりであった。

高濱虚子は、昭和十一年二月十六日六女・章子を連れ、箱根丸で欧州旅行へ出発し、六月十五日帰国した。旅行中この事件を知っていたのだろうか。

芙美子と阿部定は同世代で、芙美子の方が二歳上である。

昭和ああ阿部定に血と雪芬《ふん》芬《ぷん》　磯貝碧蹄館

「おくりびと」と「みとりびと」

滝田洋二郎監督の「おくりびと」が、第八十一回米アカデミー賞の外国語映画賞を受賞した。私は、新宿・歌舞伎町のコマ劇場前の映画館で観た。そこは、昔の地球座があった場所で懐かしかった。二、三年前に読んだ、青木新門の『納棺夫日記』（文春文庫）が原作かと思ったら、オリジナルシナリオであった。チェロ奏者の主人公は、楽団の解散により失業し、妻を連れて故郷の山形へ帰る。求人広告で仕方なく遺体を棺に納める納棺師の仕事につくが、次第に充足感と誇りを持つようになる。最後のシーンで、三十年間行方不明で顔も覚えていない実父を、自分で納棺する姿は感動的であった。

納棺夫、納棺師は広辞苑にも載ってないというから、次の改訂版には載せねばならないだろう。納棺夫とは作者の造語ではない。親族が放った言葉である。そして、ある農家へ納棺に行った時、すべてを見ていた老婆が近づき、「先生様、私が死んだら先生様に来てもらうわけにはいかんもんでしょうか」―（『納棺夫日記』）と言われた時、納棺夫は納棺師となったのである。

「おくりびと」でベテラン納棺師役を演じた山崎努は二十五年前、伊丹十三監督の「お葬式」に出演した。ここでは喪主の役をやり、日本アカデミー賞最優秀主演男優賞を受賞した。「お葬式」では、まだ納棺師は出てこない。葬儀社が指示している。病院の霊安室で納棺している。お棺の周りに親族が集まり、故人の妻と長女が足袋を履かせる。故人の兄と次女が草鞋を履かせる。そのあと、みんなで遺体にとりついてお棺に納める。白い布をかぶせてドライアイスを詰めて棺に蓋をして、おわりである。

七年前（平成十四年五月）、四十五歳の甥が過労死で亡くなった。遺体を病院から斎場に移した。親族は集まってくれというので、地下室の十畳間程の部屋に行くと、遺体は蒲団の上に横たわっていた。やがて、三十五、六歳の女性が現れ、ゆっくりした動作で、顔にシェービングクリームを塗りカミソリで髭を剃った。死装束は最初から着ていた。目の前で剃髭を見せられた私は、そこまでやらなくても、やりすぎではないか、という違和感を持ったのである。しかし、「おくりびと」の中で、本木雅弘の納棺師の儀式を観せられると、違和感も不快感もなくなった。

昭和四十六年、私と同じ会社に勤めていた同僚のT君が、経営不振による人員整理で、葬儀社へ転職した。葬儀社を選んだ理由は解らないが、いま思うと、先見の明があったというべきか。

T君の話によると、葬儀のあった日の夜は、決まって社長に連れられて、キャバレーへ行き羽目を外して騒ぐそうである。ホステスの体を触ったり、それでも満足しない者はトルコ風呂に行ったという。

人の死に接すると性欲が高まるのだろうか。「お葬式」では、喪主の愛人らしき謎の女が現れ、蜜柑山で揉み合っているうちに発情した二人は、立ったまま情交する。むき出しの白い尻が印象的だった。「おくりびと」にしても、初めて納棺師の仕事をして帰ってくるなり、妻に抱きついて「生」を確かめるかのように、求める場面がある。

さらに、納棺師の仕事がばれて、実家に帰ろうとする妻を引き止めようとすると、

「(私の体に)触らないで、穢らわしい」

と叫ぶ場面があるが、ここは『納棺夫日記』の次の記述を参考にしている。

　昨夜、体を求めたら拒否された。今の仕事を辞めない限り、嫌だという。いろいろ話し合ったが、子供たちの将来のことも考えてくれと、最後は泣き出した。

近々に何とかするからと、その場逃れの言葉で再度求めたが、

「穢らわしい、近づかないで!」

とヒステリックに妻は拒否した。

ところで、青木雄二の漫画『ナニワ金融道』(全十九巻・講談社)の第一巻が発行されたのは一九九一年六月二十二日である。

この漫画を教えてくれたのは、川崎・堀之内のソープランドにいた五月《さつき》さんである。三十歳という彼女は、借金返済のためにこの世界に入ったという。

それはそれとして、青木雄二の実姉という方にヒョンなことで知り合った。弟は小学生の頃から、教科書やノートに漫画を描いていた。二十六歳の時に描いた第一作目の「盛場ブルース」は、三十数年預かっていて、死後「文藝別冊」に発表されたのだという。

彼女は国立病院の看護師長を定年退職し、現在は老人ホームの施設長をしている。六十六歳で自動車の免許を取って、自宅から三十分かけて通っている。小柄な体ながら、エネルギッシュで言葉の端々に使命感が感じられ、目も輝いていた。

先日、桜が満開の頃ホームを見学させてもらった。丁度、玄関先で二十四、五人のお年寄りが、ベンチに座り陽光を浴びながら、「♪春のうららの隅田川……」と歌っていた。

蜜柑山を整地した七階建である。館内は明るく清潔で臭気もしない。若い男女の職員は、私に会釈し、キビキビとして清々しい。食事時は、寝たきりの人も起こして食堂に連れていく。これが体にいいらしい。それでも、このホームでは、年間二十人位亡くなる。昨日は八十二歳、今朝は九十六歳の方が亡くなった、という。葬儀場は遺族が手配する。アカデミー賞受賞で話題になった「おくりびと」のようなことはしない。遺体を拭き、女性には軽く化粧をし、迎えに来られた遺族に引渡す。ストレッチャーに乗せ、玄関前で担当職員や車椅子の痴呆の人も、手を合わせて見送る。「おくりびと」に渡す前の「みとりびと」ですねといったら、「私は数百人の方を看取ってきました」と言った。

十年前から、購読している新聞の切抜きをしている。テーマ別にA3の封筒に入れておく。蒐集対象は、ほぼ書籍と同じで、旧満州、ロシヤ、シベリヤ抑留、戦記、古書、文学、作家の死、昆虫、ホームレス等に関する記事である。それと、読者投稿の俳句、短歌の欄も、気にいった作品を切抜いておく。あとから読み返すとなかなか面白いのである。

六月がくると、我々世代は安保闘争で亡くなった、東大生の樺美智子《かんばみちこ》の死を思い出すのである。一九六〇年六月十五日、全学連は国会南通用門から構内に乱入、警官隊と衝突した。警棒で打たれ、倒れた上に学生が覆い被さって下敷きとなった。死因は頭部内出血と胸部圧迫であった。あれから四十九年経とうとするが、毎年六月になると「朝日歌壇」に投稿が絶えない。

太宰治樺美智子が我が胸に還りくる喪の月六月の雨　（神奈川県）佐藤静子・一九九八年
六月の国会南門に邂逅す二十歳のわれと還暦のわれ　（松戸市）猪野富子・二〇〇〇年
風化せぬ意志もて今もわれを問う樺美智子は座標のごとく　（浦和市）斎藤智明・二〇〇〇年
樺忌の六月白き月のぼるあの日の遠のく高層の都市　（三島市）浅野和子・二〇〇一年

有事法許して深き六月の闇に樺忌・沖縄忌迎う　（兵庫県）青田綾子・二〇〇三年

岸上を読みて風化を思う朝清原日出夫の死亡記事あり　（日野市）植松恵樹・二〇〇四年

わが家にも白黒テレビがやってきて樺美智子の死を知った夏　（高松市）山田千津子・二〇〇五年

安保闘争六・一五のデモは雨はじめて君に触れしスクラム　（横浜市）折津　侑・二〇〇六年

投稿がないのか、二〇〇七年と二〇〇八年の入選歌はない。わずかに二〇〇八年十月の「朝日俳壇」に入選句があった。

夜学の灯樺美智子の父思ふ　（久慈市）和城弘志・二〇〇八年

今年は投稿があるのか、それとも、

もう誰も樺美智子のことなどは言わないままに六月終わる　（川西市）安保のり子・二〇〇四年

ということになるのだろうか。注目したい。さて、切抜きの中に気になる短歌があった。

トルストイ老いて旅路の野垂れ死に吾の行きつく先は何処ぞ　（神戸市）西田貞二・二〇〇四年

文豪でさえ夫人との対立から家出して、小さな鉄道の駅長室で、野垂れ死にのような形で死んだのに、私は何処でどのように死ぬのだろうか、と自問するのだ。

この歌を見て、去る三月、群馬の老人ホームの火災で十人死亡した事件を思い出した。生活保護受給者や貧乏人は、スプリンクラーや火災報知機のない施設で焼死しても仕方ないのである。入所できるだけでも、有り難いのだ。

思うに、七割が自己責任で、老後のために貯金をしなかった本人が悪いのだ。後の三割は外部要因等で、どうしようもなかった人達である。例えば、

閲歴は引揚・開拓・炭坑夫・店員・夜学、歌すこし詠む　（熊本市）高添美津雄・二〇〇七年

たった三十一文字で自分の人生を振返り、短歌があったから生きてこられたのだ、という作者の心情が痛切に伝わってくる。中には、俳句があったから……という人もいるだろう。

韃靼の蝶

蝶・蛾・甲虫・トンボといった昆虫に、夢中になっている連中のことを「虫屋」と呼んでいる。かくいう私も四十歳まで「虫屋」であった。

少年時代は、専ら東京の郊外をフィールドにし、結婚後は、丹沢山塊の麓に住み、十年ほど当地の蝶を主に追いかけていた。

そして、成果を八つの標本箱に納め、子供の通う小学校へ寄贈したのは、三十年前のことである。今も大切に理科室にでも保存してあるかどうかと思って、電話したら教頭が出てきて、「一昨年、本校に赴任してきたが、その時からなかった」という。

どうやら、校舎を建て替えた時に、廃棄処分にしたようだ。

ところで、蝶は一頭、二頭、兎は一羽、二羽と数えるから、安西冬衛の、〈てふてふが一匹韃《だっ》靼《たん》海峡を渡つて行つた。〉という有名な詩句があるが、「虫屋」に言わせると、「てふてふが一頭」と言って貰いたいところである。蝶が海を渡るのは学問的には正しいが、一頭にするといかにも重そうで海を渡れそうにない気がする。
過日の「朝日俳壇」（二〇〇九年四月十二日）に、

蝶 は 一 頭 兎 は 一 羽 万 愚 節　（習志野市）早川高士

というのがあって笑ってしまった。
又、三木露風作詞の「赤とんぼ」の、

夕焼、小焼の
あかとんぼ
負われて見たのは
いつの日か

の「あかとんぼ」の種は「アキアカネ」であると、「虫屋」は同定したがるのである。
私の句に、

白 黒 緑 捕 虫 網 ど れ に し よ う　康吉

というのがある。昔は、捕虫網といえば白のナイロンが主流であったが、今では青や赤もある。

緑は保護色だから目立たない。青は、スミレやカタクリの花と見間違えてギフチョウが寄ってくる。赤は、アゲハ類が花と間違えて寄ってくる。赤の捕虫網は、赤旗を振っているようでなんとなく恥ずかしい。網は取り外しができるから、現地で採集する蝶にあわせて竿に取り付けるのである。

とにかく、少年時代に昆虫採集に夢中になった人は多いだろう。昆虫少年がそのまま大人になったという人もいる。だが、夏休みの宿題に昔は昆虫標本が定番だったが、今はそれがないから「昆虫採集少年」が絶滅寸前である、と危惧する昆虫学者がいる。

私の俳句仲間で「虫屋」のS氏は、定年後、自宅の二階を「はこね・おだわら昆虫館」として、毎週土曜日曜を入場無料で開放しているが、訪れる少年は月に十人前後だと嘆いていた。（二〇一三年に閉館）

「虫屋」の著名人をざっと見てみると、北杜夫（作家）、三木卓（作家）、手塚治虫（漫画家）、やくみつる（漫画家）、泉麻人（コラムニスト）、宇野正紘（ニッカウヰスキー元社長）、五十嵐邁（信越半導体元社長）、池田清彦（生物学者）、養老孟司（解剖学者）、奥本大三郎（仏文学者）等々、挙げていったら切りがないのだ。

小田原出身の『ゼーロン』『鬼涙村《きなだむら》』の作家、牧野信一も神奈川県立第二中学校（現・小田原高校）に在学中から昆虫少年であった。将来は昆虫学者になりたいと思っていたらしい。作品にも昆虫採集のことがよく出てくる。特に『真夏の朝のひととき』には、近所の子供達が捕ってきた昆虫を、買上げたりしている描写がある。昭和初年のことである。トンボ類は、シオカラトンボ〝二銭〟、ギンヤンマ〝五銭〟、チョウ類は、クロアゲハ〝五銭〟、カラスアゲハ〝七銭〟、甲虫類は、カブト虫、〝雄十銭、雌五銭〟で買っている。これらを標本商に売って、生計の足しにしていたわけでもないのだ。

坂口安吾の年譜に、昭和九年（二十九歳）の項に、牧野信一宅に暫く滞在し、昆虫採集の供をする、とある。

安吾の「流浪の追憶」に、そこの所を次のように書いている。

小田原の牧野信一さんの所に暫くころがつてゐたことがある。初夏であつた。（略）牧野さんが時々庭球選手のやうな颯爽たる服装でやつてきて、おい昆虫採集に行かうと言ふ。牧野さんの昆虫採集も古いものだが未だに根気よく凝つてるらしい。あの頃は病膏肓の時だつた。私は一匹の揚羽蝶をつかまへただけで、昆虫の素ばしこさには手を焼いてゐるから、彼の活躍の後姿を眺めながら煙草をふかしてゐるのであつた。

二人が蝶を追っていた採集地は、小田原というより足柄平野の東方の、現在、丘陵に大手生命保険会社が聳え立つ、足柄上郡大井町である。私もこの辺りはよく来ていたが、坂口安吾がどんな顔して網を振っていたかと、想像するだけで吹き出しそうになる。

ところで、昭和天皇が秩父宮・高松宮両殿下と小田原御用邸においで遊ばされたのは、明治四十三年七月八日である。九歳、八歳、五歳であった。七月二十日、三親王は神奈川県立第二中学校へ来校され、授業や運動をご覧になり、校長より昆虫標本を三箱献上された。この標本は博物の教師、伊藤和貴が作製したものという（『小田原高校百年の歩み』）。これを機に、昭和天皇は昆虫採集に熱中したようで、後年、高輪御殿に保存してあった標本は、関東大震災の時、全部焼いてしまい残念だと語っている。

御幼少の頃、伊香保でオオムラサキを二頭捕まえて、提灯行列をした話は、元文相、元法相、現総務相の鳩山邦夫の『チョウを飼う日々』（講談社／一九九六年）に、昭和天皇との蝶談義に出てくる。三十分以上も蝶の話をしたというから、驚きである。

鳩山邦夫がチョウにのめりこんだのは、小学一年生の時に、母が買ってくれた捕虫網が原点だという。二歳上の兄鳩山由紀夫と、軽井沢の別荘を拠点に飛び回っていた。

この別荘は後に後援会会員に開放され、私も選挙区は違っていたが、会長の紹介で三回ばかり泊めてもらったことがある。

祖父の鳩山一郎（元総理大臣）も昆虫少年で、自宅近くの目白坂でオオムラサキを捕ったというから、由紀夫、邦夫の兄弟に遺伝したのかも知れない。

鳩山邦夫は「飼育屋」と称し、今でも自宅にあれこれ六百の卵を飼育しているというから本格的である。

先日、昆虫雑誌「月刊むし」の発行所を訪ねた。蝶や甲虫の標本とか、生きているクワガタやカブト虫も売っていた。サービス月間とかで、子供達でごったがえしていた。

かつては、私も鮮やかな蝶を追いかけていたが、今では夕風に翻る暖簾を分けて、美人女将の酌で蝶を肴に飲んでいる。

酔いが回ると、又、蝶を追いかけたくなる気持が湧いてくるのである。

捕虫網を絞りて持てり駅の晴　田川飛旅子

城米彦造のこと

リンゴを買った
「この部屋に入ると
リンゴの匂いがぷんぷんするわね」
妻は言った
二人してリンゴをたべた

城米彦造

詩人で画家の城米彦造《じようまいひこぞう》は、明治三十七年、十六代続いた京染め悉皆業の長男として京都に生まれた。二十七歳で〝新しき村〟の会員となり、武者小路実篤の弟子となる。

どういういきさつがあったか知らないが、昭和初年に詩人は東京へ出てきて、我が家の土地（中野区・野方）に小さな家を建てた。

この家に
ちよつと腰を下ろす生活を始めたら
戦争が始まり
妻と子を残して戦争によび出され
命永らへて帰り
空襲の火が
この家の空に降るのを見
戦は破れたが
家も焼けずに残り今、三人の子供を抱へた
賑やかな家族となつて
腰をすゑて住みつくことになつてゐるのだ　城米彦造

毎年正月には、地代と共に干支の色紙を添えて挨拶に見えた。この時の色紙を、今でも私は正月がくると掛け替えているのである。

敗戦直後の昭和二十三年、東京・有楽町駅頭に立ち、自作の詩を豆本にして売り始めた。「ひげの街頭詩人」として話題となり、その詩に励まされ、生きる指針を与えられた人も多かったという。

有楽町駅頭での販売は、昭和二十三年（四十四歳）から昭和三十三年（五十四歳）まで続いた。

その後、淡彩スケッチを描くようになる。「東海道五十三次」「京都百景」「東京百景」「神田百景」などを手がけた。

平成十八年五月、百二歳で永眠。その間、息子夫婦の献身的な介護があった。詩や絵を描いて生計を立てることは苦しかったであろう。親を恨むのが普通である。私のクラスにも絵描きの子がいたが、グレテ今は行方不明である。しかし、彦造の息子はこういうことが少しもない。父に相当愛されていたのだろう。劣悪な環境の中で育ったのに、父の生き方を認めていたのである。父の遺稿集を刊行しようと、収集に努めていることを聞いたので、私も大切に持っていた豆詩集を差し上げた。

だが、自費出版ならともかく、詩集は句集よりも売れないし（句集なら結社の会員に売りつけられるが）、刊行しようという奇特な出版社は見つからなかった。

ところが、遺稿集の刊行に奔走していた息子は、父の死の二年半後（平成二十年十一月）、癌により六十二歳で亡くなってしまった。

その後、詩集の一部は、新しき村出版部から『城米彦造〝昭和を謳う〟』として刊行された。

先日、息子の妻から「郷愁の街頭詩人・画家　城米彦造展」を、箱根・芦ノ湖のN川美術館で開催する、という案内状が届いた。

私が初めて箱根の地を踏んだのは、昭和二十五年十月である。小学六年生の時の修学旅行先が箱根・芦之湯温泉で、M坂屋本店に一泊したのである。

当時、私の小学校では一クラス約四十人で四クラスあったから総員約百六十人である。

M坂屋本店は、昭和十七年十一月の横浜港での「ドイツ軍艦爆発事故」の時の、水兵達の宿舎になっていた。常時七、八十人はいたらしい。四年間滞在し、昭和二十二年二月にドイツ本国へ帰った。

さらに、昭和十九年八月に、学童集団疎開に協力した箱根温泉旅館組合は、横浜市の小学校の学童七千九百人を受け入れた。その内、芦之湯温泉のM坂屋本店は百二十人、K国屋では二百八十五人の学童を受け入れた。

学童集団疎開で、旅館を宿舎にした学校では、一般客と同じ風呂に入るので、淋菌性膣炎に罹患した女子児童がいた。私の学校はお寺に疎開して、寺の風呂に入ったから、こういうことはなかった。

疎開生活は一年で敗戦となり、疎開児童がM坂屋本店を去ったのは、昭和二十年十月二十八日であった。

このあいだ、修学旅行の時にM坂屋本店の玄関で、クラス別に撮った写真を見ているうちに、急に行ってみようと思った。小田原駅前のタクシー乗り場で、顔見知りの運転手がいたので、貸切りにしてもらった。箱根大学駅伝のコースを走り、東芦の湯のバス停を右折して、すぐの所に小公園がある。東屋の横に句碑があった。句碑には、

湯の華をもろ掌に山の春惜しむ　康弘

とあった。元総理大臣の中曽根康弘のものだった。東屋に座っていた八十前後の爺さまが、「あれが中曽根さんの別荘だ」と、集会場の横の木立の間から見える、三角屋根を指差した。「ロン・ヤス会談はここでやったんだ」という。

いくら私が政治に疎いといっても、これには吹き出しそうになった。レーガン大統領を、自分の別荘に呼んでお茶を点てたのは、東京・西多摩郡の日の出山荘であることぐらい知っていた。この老人は、私をおちょくって言ったのか、それとも、ここで会談したと信じているのだろうか。

それから、M坂屋本店の玄関前を通って、突き当たりを右折し、苔生した石段を四十段登ると、八年前に復元したという、茅葺きの東光庵薬師堂があった。江戸時代、文人達が集まって句会や茶会をしたという。

東光庵の周囲には、賀茂真淵の歌碑や芭蕉の、

しはらくは花のうへなる月夜哉

という句碑もある。

現在の東光庵庵主は中曽根康弘である。石段を登った左手に高さ一メートル程の庵主様の句碑が建っている。

くれてなお命の限り蟬しぐれ

とある。「蟬しぐれ」の季語がお好きなようである。敗戦の日を詠んだ句にも「蟬しぐれ」が入っていたように記憶している。白い函入りの『中曽根康弘句集』を、ブックオフの百円均一で手に入れたのだが、誰かに貸したまま戻らず、確認がとれない。

M坂屋本店のフロントで、「六十年前修学旅行で来た。懐かしくて立ち寄ってみたが、中を見せてもらえないか」といったら、五十代の女将が心よく案内してくれた。「学童疎開していたという人は時々みえるが、修学旅行で来たという人は初めてだ」と言った。中庭にはガラス越しに、獅子文六の、

芦の湯にて

小説　箱根山の想わく

と、

木戸孝允公　西郷隆盛公　両雄会見之趾

という二つの石碑が見えたが、昔はなかった。
元箱根へ下り、城米彦造展のN川美術館へ行った。富士山と芦ノ湖を眺めながら、館内の喫茶店で抹茶を頂き、夕暮の小田原へ帰って来た。

戦争に敗れて
国が乱れて
ボロを身に纏っても恥ずかしくない時に生きて
家中ボロを纏って
庭に野菊を植えて
野菊を仏壇に供えて
私たち家の者は、この秋の日を過ごす

城米彦造

芸術家の値打

新聞を社会面の下の方にある、死亡記事から真っ先に見るという人は、結構いるようである。以前は、よく香典泥棒というのがいたが、逮捕者の供述によると、新聞の死亡記事を利用しているという。新聞購読料は必要経費であり、喪服は必需品である。

それにしても、香典ドロのニュースを聞かなくなった。最近は故人の遺志により、葬儀、告別式は行なわず、近親者で密葬し、後日「お別れ会」や「しのぶ会」をする人が増えたからだろう。

先日、知人の葬儀に行って来た。最近は結婚式より告別式の方が多くなった。

受付は親戚、会社関係、一般とに分かれていて、香典を出すと、すかさず香典返しの引換券をくれる。香典の行方を見ていると、後ろの席に座っている人に渡され、受け取った者はすぐ香典袋を開き、表示されている金額とあっているかを確認すると、金を手提金庫に納めた。空の袋は次の人に渡され、台帳に記入される。流れ作業である。

手提金庫の周りには、五、六人へばり付いているから、蟻の入る隙間もない。これでは香典ド口もお手上げであろう、と思った。

城山三郎の小説『毎日が日曜日』（新潮社）の中で、新聞は死亡記事から見る、という人物が出てくる。


金丸は、にやりと笑った。

「死亡記事に、わしはいちばん興味があるのや」

「興味？」

「そうや。みんな、いくつぐらいで、どんな死にざましたか、興味が尽きんのや」

「…………」

「えらそうなことというてたやつも、結構なくらししてた男も、みんな、先に死んで行きよる。あいつも死んだか、こいつも、くたばったか。ごくろうさんと思うこともあれば、ざまあ見ろという気にもなる。つまり、いろいろあって、おもろいんや」


というわけである。

私なども、死亡記事を見てハッとした時が過去二回あった。金融機関に同期で入社したS氏が、取締役になった早々、心筋梗塞により六十歳で亡くなったのである。同期では出世頭であった。

もう一人は、同じ金融機関で頭取から会長にもなったA氏である。心不全で六十四歳で亡くなった。氏は、東京都内の一等地に建つ高級マンションを安く手に入れたとかで、新聞種になったことがある。二人共、働き過ぎのストレスが溜まっての、過労死ではないかと思う。

私は三十年前から新聞の切抜きをしている。テーマ別に分類し、死亡記事もその内の一つだ。主に作家を中心にしている。俳人や歌人は、死亡記事は出るが、追悼文はほとんど掲載されない。作家より地位が低く見られているのか、差別されているように感じる。

「芸術家の値打の分かれ目は、死んだあとに書かれる追悼文の面白さで決まる」といったのは三島由紀夫だそうだが、私は作家が亡くなると、新聞を求めて駅の売店やコンビニへ駆け込み何種類も買ってくるのだ。

私は外出する時、必ず近くのJAバンクに寄っている。ロビーに備え付けの、日本経済新聞と神奈川新聞に目を通す為である。

JAバンクに莫大な預金があるわけではない。いつも空いているので、税金や公共料金などを振込むのに利用しているだけだから、先方にすればゴミみたいな客である。

それでも私の姿を見れば、新聞を読みに来るだけの爺だと解っていても、窓口の女子職員は「いらっしゃいませ！」と慇懃無礼であるからして、こちらも「コンニチワー」と元気よく挨拶するのである。

地方新聞に載る追悼文は、気がつかないことが多いから、貴重な資料になる。清水基吉の時は、氏が鎌倉在住だったので、神奈川新聞に追悼文が載った。

死亡記事や追悼文はどういう基準で掲載するのだろうか。新聞社によって多少違うようである。例えば、七月に亡くなった、大阪の有名な中尾松泉堂書店という古本屋の中尾堅一郎の訃報は、毎日新聞にしか載らなかった。

松尾芭蕉の『おくのほそ道』の「自筆本」を公表して論争を呼んだりして、古本屋が死亡記事に出るのは、古書マニアとしては嬉しいのである。

一方、この人の追悼文は書くべきである、ぜひ書いてもらいたいと願っていても、載らないでがっかりすることがある。

朝日新聞「惜別」、毎日新聞「悼む」、読売新聞「追悼抄」などは月二回、死亡してから三カ月以内に追悼文を載せている。

私が追悼文を載せてもらいたい人物がいた。今年（平成二十一年）一月に八十八歳で亡くなった、ロシヤ文学者で評論家、元・上智大学教授の内村剛介（本名・内藤操）である。

毎日新聞と読売新聞は顔写真入りで、比較的大きく報じた。朝日は写真なしで、記事も十六行と素っ気なかった。

内村剛介は、昭和十五年満州国立大学ハルビン学院に第二十一期生として入学。同期にロシヤ文学翻訳の工藤精一郎がいた。昭和十八年卒業後、関東軍参謀部に勤務、敗戦後ソ連軍に逮捕され、十一年間の抑留生活後、昭和三十一年に帰国。スターリン批判をしつつ評論活動を展開した。

抑留中、近衛文麿の子息の文隆と同じ監房だった。文隆の遺骸の埋葬に立ち会ったという。『近衛文隆追悼集』に依頼されて書いた追悼文の末尾に、俳句を添えた。

雪野来て松青きかな異人塚　内村剛介

ハルビン学院には「韃靼」という句誌を出していた俳句会（黒水会）があった。入学の時に入れといわれて入会したが、評価は芳しくなく、そのうち来なくてよいといわれたという。

ハルビンには尾崎放哉、飯田蛇笏、山口青邨、久保田万太郎、加藤楸邨が来て、「韃靼」と交流したようである。

先日、ある総合雑誌を読んでいたら、「内村剛介氏を偲ぶ」という追悼文があることを知った。それは産経新聞の平成二十一年二月二十日付であった。他紙が取り上げなかったので嬉しくなった。

筆者は、ハルビン学院の第二十四期卒業（昭和二十年八月）の麻田平草（八十五歳）であった。氏は、恵雅堂出版、ロシヤレストラン「チャイカ」、八ヶ岳高原ゴルフ場を経営している。現在、『内村剛介著作集』全七巻を刊行中である。また、東京・八王子の高尾霊園に、ハルビン学院の記念碑の敷地を十年前に提供し、募金で建てた記念碑は、ずっと麻田家で守っていくといっている。

十一月は文人の忌日の多い月だという。
二日は北原白秋（昭和十七年）、三日は田中英光（昭和二十四年）、九日――八木義徳（平成十一年）、十一日――臼田亞浪（昭和二十六年）、十八日――徳田秋聲（昭和十八年）、二十一日――会津八一（昭和三十一年）・石田波郷（昭和四十四年）・瀧井孝作（昭和五十九年）、二十二日――大宅壮一《おおやそういち》（昭和四十五年）、二十三日――樋口一葉（明治二十九年）・灰谷健次郎（平成十八年）、二十四日――岸田稚魚（昭和六十三年）、二十五日――三島由紀夫（昭和四十五年）である。

大宅壮一と三島由紀夫は、同じ年の三日違いで亡くなっている。三島由紀夫の切抜きの量は凄かった。量的に三島由紀夫を抜いた作家は、現在までいない。

峠見ゆ十一月のむなしさに　細見綾子

俳人と文化勲章

毎年四月と十一月は叙勲の月である。叙勲といえば、すぐ思い出すエピソードがある。マスコミの帝王といわれた評論家大宅壮一のことである。昭和四十五年十一月、七十歳で死去したが、危篤の状態にあったとき、当時の総理大臣佐藤栄作の秘書官が病院まで来て、政府としては勲一等旭日大綬章を贈りたいが、受けて頂けるか、という打診があったという。話を聴いた二人の高弟は、奥さんに相談せず、大宅壮一の日頃の言動や著作から考えて、叙勲を断ったのである。

この話はいろいろな方面で話題となり、大宅壮一はすばらしい弟子を持って幸せであった、という声が方々で聞かれた。

永井荷風に「勲章」という短篇がある。あらすじを記すと、

わたくしが、浅草公園六区の角に立つオペラ館の楽屋に出入りして踊子や役者の求めに応じて

写真を撮っていた頃、踊子部屋に六十代の出前持ちの爺さんが通っていた。丼飯をつくる仕出し屋に雇われ、踊子たちは「鮫《さめ》やのおじさん」と呼んでいた。爺さんは毎日メシの注文をとりに来て、配達して代金を貰い、そのうちの幾割かが爺さんの老後の余命をつないでいた。

爺さんは日露戦争に行って、勲八等の瑞宝章と従軍徽章を貰ったといって見せてくれた。丁度、舞台では軍事劇を演っていて、役者の軍服を着て軍帽をかぶり、小道具の銃剣まで下げてカメラの前に立った。

踊子が軍服に勲章を縫いつけ、その場にいた二十人近い踊子が、わいわい囃し立て、一枚写真を撮ってもらえばと言い出すものがあったのである。

爺さんは今まで一度も口をきいたことのないわたくしに、幾度となく礼を言った。その夜わたくしは現像、焼付して、十日ほど過ぎて楽屋へ持って行ったが、爺さんは姿を見せない。踊子に聞いたら「あれッきり来ないのよ」という。「あれッきり」ということは、写真を撮ってやった日からである。

メシはほかの食堂からとるから困らないし、誰一人爺さんのことなど思い出す者もいない。身寄りがあるなら写真を届けてやりたいが、そんな手蔓もない。写真はわたくしが「浅草風俗資料」と札をつけた箱に投げ込んである。

爺さんがなぜ姿を消したのか、作者は「脳溢血か何かで倒れた」と書いているだけで、あとは読者にまかせている。

私の推測では、勲章は誰かのを預かっていたか、買ったものか、盗んだものかであろう。それとも、最初から爺さんは病弱で日露戦争に行っていないかも知れない。勲章が爺さんの虚構を作り出す、唯一の小道具だったのではないか、と思うのである。

今年も文化勲章受章者が決まった。俳人からは出なかった。昭和二十九年に高濱虚子が受章して以来、今日まで五十五年間、俳人の受章はないのである。久保田万太郎が昭和三十二年に文化勲章を受章しているが、俳句ではなく「小説・劇作部門」としてである。

文化勲章は、原則として文化功労者の中から毎年五名選ばれる。文化功労者に選ばれてから、平均六年から九年かかっている。

ノーベル賞受賞者は、慣例として文化勲章を受けられるが、作家の大江健三郎は「文化勲章は自分にふさわしくない」といって断った。もう一人、新劇の杉村春子（昭和四十九年文化功労者）も、「文化勲章は自分にとって大きすぎる」といって断った例がある。

俳人の文化功労者は、虚子以外現在まで次の五人である。（　）内は選ばれた年。

瀧井孝作（昭和四十九年）
中村汀女（昭和五十五年）
山口誓子（平成四年）
森　澄雄（平成十七年）
金子兜太（平成二十年）

である。

有馬朗人（平成十六年）は、学術振興で文化功労者に選ばれている。

歌人の文化勲章受章者を見ると、佐佐木信綱、斎藤茂吉、土屋文明の三人、詩人では土井晩翠、堀口大學、草野心平、大岡信の四人、小説家というと、幸田露伴から昨年（平成二十年）の田辺聖子まで二十八人もいる。

こう見てくると、俳句→短歌→詩→小説の順で、短いものから長いものへ、受章者が増えていることが分かる。短いものは不利なのか。俳人から文化勲章が出ないのは何故だろうか。

先日、句会の帰りにいつもの飲み屋に入ったら、隣の席にも偶然、句会の帰りらしい連中がいて、文化勲章の話をしていたので、聞き耳をたてていたら、こんなことを言っていた。

俳句は完成され、表現もされ尽くされた。これが俳句かというようなものが、巷やインターネット上にはびこっている。といって、著名俳人にも総合誌の巻頭に何十句と飾ってあるが如何なものかと首を傾げるような句がある。高濱虚子は多くの弟子を育てたが、今の宗匠は「俺が私が」「私が俺が」と自分だけ脚光を浴びようとして、自分だけよければいいと、弟子を育てようとしない。弟子が頭を出すと、モグラ叩きにあう。選考審査会の委員も、俳壇の体質をお見通しなのではないか等々。

以上のようなことから、今後も俳人から文化勲章受章者は出ないだろう、という酔っ払いの戯言を耳にして、どれももっともなことなので、私は苦笑せざるを得なかった。

二〇一〇年

不幸な家庭

五代目三遊亭円楽が亡くなった（二〇〇九年十月）。この三月には、三遊亭楽太郎が六代目を襲名するという。

楽太郎が青山学院大学落語研究会に所属していた二年生の時、円楽が付き人を募集しているというので、先輩と同期五人で面接に行ったのが初対面だった。何か通じるものがあったのか、楽太郎が選ばれた。一年足らずで、円楽から弟子にならないかといわれ、そのまま入門した。円楽の家の近くに引越し、呼び出しにはすぐ対応し、頼まれたことに機転をきかせたり、工夫をしたりして信頼を得た。

円楽の「お別れ会」に、楽太郎は芭蕉の〈旅に病んで夢は枯野をかけ廻る〉の句を引き合いに出して、涙を流しながら師を語った。円楽と楽太郎との師弟の濃さは、単に「使われる人」ではなく、「仕える人」つまり奉公の精神があったからである。

ついでに言うと、私の好きな落語家は柳家小三治である。それと、かつて私が小田原で仕事をしていた関係から、小三治の弟子で「三三《さんざ》」を、小田原出身ということで、前座の頃よりひいきにしている。いつも地元の公民館で演る時は、安い木戸銭で聴かせてくれる、偉ぶらない人である。

以前、三三に「枕が長すぎませんか」と苦言を呈したら「長いのは師匠譲りですから」と弁解された。確かに小三治の枕は長く、『ま・く・ら』『もひとつ　ま・く・ら』という枕だけ集めた本が講談社文庫になっている。それが新作落語のように面白いから困るのである。

入船亭扇橋を師匠に、小沢昭一や永六輔などと「東京やなぎ句会」に属しているから、俳句を枕にすることがある。

「あたしはね、ハイクに向いておりません。バイクに向いております」（バイクを愛用している）と、落ちをつけることも忘れない。

ところで、作家の庄野潤三が昨年（二〇〇九年九月）に老衰のため八十八歳で亡くなった。早速「朝日歌壇」に追悼歌が寄せられた。

かつての日「夕べの雲」を読みてより父親として振舞ひ学ぶ　（長岡市）佐藤　正

父親として子供にどう対処したらよいかを、学んだのであろう。

私は芥川賞の『プールサイド小景』からの愛読者で、随筆も好きである。本屋に勤めていた頃、「先生の新刊は、いつも入口の目立つ場所に平積みにしています」というファンレターを差し上げたら、丁重な礼状を頂いたことがあった。

晩年の十作は「子供がみな結婚して」出ていき「わが家に二人きり残された夫婦」の生活を書いている。事件らしい事件はない。家庭があり、家族がいれば何らかの軋轢や問題が起こる筈である。それには一切触れず、嫌なことは書かず、いいことしか書かないのである。

そして、文章の最後には「たのしい」「おいしい」「うれしい」「ありがとう」という言葉が綴られている。これが又いいのだ。庄野潤三の作品を読むと、いつも頭に浮かぶ言葉がある。トルストイの『アンナ・カレーニナ』の冒頭の一節である。

幸福な家庭はすべてよく似よったものであるが、不幸な家庭はみなそれぞれに不幸である。
(中村白葉訳)

この中村白葉訳には、七百数十カ所の誤訳があると指摘した、北御門二郎の訳はこうである。

およそ幸福な家庭はみな似たりよったりのものであるが、不幸な家庭はみなそれぞれに不幸である。

「不幸な家庭」の個所は、中村白葉の訳と全く同じである。

ちなみに、今、話題の光文社古典新訳文庫の、望月哲男の訳は、

　幸せな家族はどれもみな同じようにみえるが、不幸な家族にはそれぞれの不幸の形がある。

となっている。「幸福な家庭」「不幸な家庭」の「家庭」が新訳では「家族」と訳されている。庄野作品には「不幸な家族」は出てこない。我々が理想とする、人も羨むお手本の家族像が登場するから、心が洗われるのである。しかし、友人である作家の三浦朱門によると、この「平々凡々たる日常は意志と努力によって作られたもの」であり、「日常の裏にどんな悲劇があるかは誰も知らない」（朝日新聞二〇〇九年十一月十四日「惜別」）というのである。やっぱり「作られたもの」だったのか。「幸福な家庭」「幸福な家族」は現実には少なく、作品の上でしか有り得ない、ということなのだろうか。

『斜陽』の舞台　「雄山荘」炎上

太宰治の『斜陽』の舞台になった、小田原の下曾我にある「雄山荘」が全焼した（平成二十一年十二月二十六日）。

十五、六年前から無人で、電気も通ってなかったから、放火の可能性もあるという。

おりしも、太宰治生誕百年であり、「斜陽の子」太田治子《はるこ》が『明るい方へ　父・太宰治と母・太田静子』（朝日新聞出版）を、九月に刊行したばかりであった。治子は「突然のことでショックを受けている。何かが終わった気持ちだ」とコメントした。

私が初めて「雄山荘」を訪ねたのは、今から十年前である。勤務していた本屋が、顧客サービスの一環として、郷土史家を講師にバスによる「小田原文学散歩」を企画した。その時、世話役としてバスに添乗したのである。「雄山荘」は小高い丘の上にあり、道路は車一台通れる幅しかなく、すれ違いはできない。宗我神社の鳥居の脇に、尾崎一雄の文学碑がある。代表作『虫のいろいろ』の一節が刻まれている。その横の坂道を上り、右へ折れてすぐ左手に、曾我十郎、五郎の仇討ちで有名な城前寺がある。その先百メートル位行くと、右手に「雄山荘」はある。

屋根付の門扉は施錠されていた。外からワイワイいいながら覗いていたら、丁度、管理人が通りがかり、家の内部を見せて頂けた。

敷地六百坪に四十坪の数奇屋造りであった。施主が孔子の信奉者だったので、あちらこちら支那風の造りになっていた。

『斜陽』では、主人公かず子の弟・直治が、
何の前触れも無く、夏の夕暮、裏の木戸から庭へはいって来て、

「わあ、ひでえ。趣味のわるい家だ。来々軒《らいらいけん》。シュウマイあります、と貼りふだしろよ」

と言っている。

部屋は、富士の間、中の間（治子はここで生まれた）、支那間、玄関と風呂場の所に三畳、食堂と台所、屋根裏のスペイン風の寝室。

参加者は、隈無く見られたので大いに満足した。

又、その後も曾我梅林の梅まつりの頃など、吟行会には紹介をかねて、「雄山荘」の前を通ることにしていた。

一昨年も行ってみたら、門扉と塀はガタガタで、一押しすれば倒れそうな状態になっていた。

屋根には枯葉が積もり、背丈ほどの庭の雑草、家の周囲は蜘蛛の巣に覆われ、お化け屋敷と化していた。

隣との境界であった樹木は伐採されて、柵もなく誰でも自由に出入りできた。私が庭に入ろうとしたら、「蝮が出るからよしなさいよ」と、止められた。

余計なことだが、「蝮より蝮を食う人間の方が、恐いなあ。は、は、はい」と、遠藤周作と対談した、あの山下清画伯は知的障害があるとは思えない発言をしたという。

それはさておき、太田静子の『斜陽日記』には、以前にもボヤを出したことが書いてある。終戦の年の昭和二十年八月一日のことである。かまどの火の不始末から木箱が燃え、近所の人の協力で、防火用水の水をバケツリレーで消し止めたとある。

太宰治が「雄山荘」に太田静子を訪ねたのは、昭和二十二年二月二十一日である。五日間滞在したというから、その間に静子は懐妊したと思われる。

年譜を見ると、おそらく太宰は静子の「斜陽日記」を持って「雄山荘」から、

田中英光の疎開先である伊豆の三津浜《みとはま》に行く。三月上旬までに『斜陽』の一、二章を書く。三月、次女里子が生まれる。山崎富栄を知る。四月、東京・三鷹に仕事部屋を借り『斜陽』を書きつづけ、六月に完成。十一月十二日、太田静子との間に、治子誕生。

とあるから、入水の一年前は実に多忙であった。

「雄山荘」は『斜陽』のおかげで有名になったが、高濱虚子がここで句会を開いたということは、あまり知られていない。

先に書いた城前寺の境内に、虚子の句碑が建っている。

宗我神社曾我村役場梅の中　虚子

というもので、地元の俳句会の有志が、昭和五十年二月に建立したものである。

句会は、昭和十二年二月七日に「武蔵野探勝会」の吟行として催された。出席者は星野立子、富安風生ら「ホトトギス」の同人二十六名であった。

当日は冷たい雨が時々降り、どんより曇った天候で、富士も箱根連山も見えなかったらしい。

そこで詠んだ句は、

鶫を吸ひ込み大樹鬱蒼と　立子
客を待つ打水したり梅の門　風生
軒に吊る茶釜の煙や梅の宿　杣男

当時の「雄山荘」を彷彿とさせる。近くの城前寺には、曾我兄弟の墓があるから、

赤は五郎白は十郎曾我の梅　喜太郎
なつかしの曾我物語梅の里　夢香

と詠んだ人もいた。

虚子は、

梅林の中の庵に我在りと
客まうけ梅の軒端の茶の畑
今の世の曾我村はたゞ梅白し
畑中に老梅ゆゝし曾我の里

と詠んだ。

太田静子は、治子を出産した後、三年十カ月後「雄山荘」を去った。昭和十八年から九年近く住んだことになる。

その後十余年空家になっていたが、三代目の借主が見つかった。「雄山荘」の地主の奥さんと、戦前の朝鮮の女学校で同級生だったという夫婦に住んでもらうことになった。婦人はお茶の師匠、主人は謡曲を趣味とする「ホトトギス」同人の俳人でもあったから、風流な家には相応しいと奥さんは喜んだ。

この人は昭和五年、朝鮮鉄道の京城駅の助役をしていた二十四歳の時に、講演に来ていた虚子に師事したのである。

又、句謡会という、虚子を中心に俳句を作り、宝生流の謡を謡う会のメンバーでもあった。虚子を人生の師と仰ぎ、

今の世の曾我村は唯梅白し

を句碑にして、「雄山荘」の門を入って左手に建てたが、いつ撤去したのか今はない。

この三代目の借家人は三十年住み、平成五年十一月に「お別れ会」をして退去した。この頃、保存運動が起こり、四千人の署名を集めて小田原市に要望した。市は買い取り交渉をしたが、所有者に売る意思がないと判断し、以後十六年も放置したままになっていた。

「雄山荘」が全焼というニュースは、丁度私が月例の句会に出席している時だった。やっぱり危惧していたことが現実となったか、と思った。

三日後、私は野次馬よろしく現場を見に行った。太宰が頭をぶつけたといわれる門と塀は、焼けずに残っていた。木戸を潜って焼跡に立った。まだ、火事場特有の焦げ臭い匂いが充満してい

た。

治子が生まれた「中の間」も、虚子が句会をした「富士の間」も、暖をとった「囲炉裏の間」も跡形もなかった。

「雄山荘」の傍の住宅は無事だった。樹木のおかげで延焼は免れたようだった。足下に女性の黒髪らしきものがあったので、一瞬、背筋が冷たくなったが、よく見るとシュロの皮が焼け落ちたものだった。私は、やりきれない気持になって、その場を離れた。

細々と営んでいる、昔からの和菓子屋で買ったハッカ糖を舐めながら、下曾我駅へ向かっていた。

暮れそめてにはかに暮れぬ梅林　　日野草城

参考資料

林　和代『「斜陽」の家・雄山荘物語』（東京新聞出版局）
太田静子『斜陽日記』（小学館文庫）

多喜二との奇縁？

昨年（平成二十一年）十二月の「小林多喜二の恋人田口タキさん死去」の報道は、私にとって一種の文学的事件であった。とっくの昔に亡くなったと思っていたからである。

新聞によると、すでに六月十九日に横浜の自宅で亡くなっていた。百二歳で老衰ということである。港（小樽）に生まれ、港（横浜）で死んだことになる。

親族から、北海道の小樽文学館に連絡があったという。タキの死を世間に知らせるべきかどうか、迷ったと思われる。

田口タキについては、作家の澤地久枝が以前から取材していたが、親族の了解が得られず発表できなかったようである。

小林多喜二が田口タキと初めて出会ったのは、大正十三年秋頃である。多喜二は小樽高等商業学校を出て、北海道拓殖銀行の小樽支店に勤め、タキは十六歳で銘酒屋の酌婦をしていたという。

新潮日本文学アルバムの『小林多喜二』を見ても分かるように、美人である。多喜二は面食いだったのだろう。

大正十四年三月二日のタキ宛の手紙に、

「闇があるから光がある」

そして闇から出てきた人こそ、一番ほんとうに光の有難さが分るんだ。世の中は幸福ばかりで満ちているものではないんだ。不幸というのが片方にあるから、幸福ってものがある。

（略）

と書いた。

立野信之は小説「闇よりの光」（婦人公論／昭和十三年二月）で、この手紙を引用し、タキとの出会いから始まり、借金を肩代わりして、多喜二の家に引取り、そしてタキが家出するまでを書いている。

田口タキの死は、私を再び多喜二に思いを馳せさせる切っ掛けとなった。つまり、
①北海道から昭和五年三月末、上京して最初に住んだ所が、現在の東京・中野区中央。
私の生家は中野区野方で、ＪＲ中野駅を挟んで北と南と分かれているが、同じ中野区である。

ここにはタキと三週間同居している。
②同じ年の八月『蟹工船』で不敬罪になって、中野の豊多摩刑務所に収監される。

刑務所の隣に区立野方小学校があり、私が通学していた学校である。図画の時間にはこの刑務所に思想犯が入っていたとは露しらず、美しい時計台を描いていた。

③区立の中学校へ入学したら、同じクラスに伊藤ふじ子の次男であるM君がいた。

伊藤ふじ子という女性は、多喜二の年譜には昭和七年四月中旬、現在の港区南麻布に住み、伊藤ふじ子と結婚、とあるが、実質、ハウスキーパーのようである。多喜二とは九カ月しか同居していない。

新潮日本文学アルバムの、多喜二の遺体を囲む同志達の中に、伊藤ふじ子は写っている。遺体にとりすがって泣き崩れたが、誰もふじ子のことを知らなかったという。

多喜二の死の一カ月後、ふじ子は漫画家のM氏と結婚し、三男一女をもうける。その昭和十三年生まれの次男と、私は同級だったということである。

昭和五十六年五月十五日号の週刊ポストに「小林多喜二の最後の愛人が死去」というタイトルで載っている。M氏が妻の過去を話したことによって、四十八年振りに「昭和史の空白部分」が明かされたのである。伊藤ふじ子に関しては、澤地久枝の「小林多喜二への愛」(『完本　昭和史のおんな』所収)に詳しい。

④津上忠、作・演出の『早春の賦——小林多喜二』で多喜二役を演じた俳優座のE君とは、同じ中学、高校、大学と一緒であった。今から二十五年前の四十七歳の時である。

北海道から九州まで、全国六十カ所で公演した。どの地も満席で、終演後はサイン攻めにあった。特に北海道では、拓殖銀行の小樽支店で多喜二と一緒に仕事をしていたという、八十歳位の老婆が楽屋に訪ねてきたという。多喜二も生きていれば、この位の歳になっているのかと思ったら、改めて怒りを覚えた、と言っていた。

⑤同じ中学校のクラスに、H君というのがいて、何回か遊びに行ったことがある。最近の情報によると、H君の親父さんは特高（特別高等警察）だったというのだ。

そういえば、親父さんが私服で駅前の交番を通ると、中から巡査が出てきて敬礼していた場面を、何回か見ている。

同じクラスの八百屋のK君は、この親父に「うちの子を苛めるな」といってビンタをもらったと言っていた。

特高なら多喜二を追っていたかも知れないし、H君が今度、同期会に出てきたら聞いてみようと思っているのだが、何故か一度も出て来ないのである。

追悼・井上ひさし

井上ひさしが亡くなった（二〇一〇年四月九日二十二時二十二分）。七十五歳だった。

原稿や台本はいつも遅れがちで、自ら「遅筆堂」と名乗っていた。皮肉にも死は早く訪れた。

井上ひさし作、木村光一演出の『化粧　二幕』のひとり芝居の渡辺美佐子は、公演先の北海道で訃報を聞いた。東京・杉並区の劇場「座・高円寺」で、ファイナル公演を予定し、千秋楽には井上ひさしに観てもらおうと思っていた。

ファイナル公演は、ゴールデンウィークの四月三十日から五月九日まで、途中二日間は休演の予定だった。私は『化粧』の脚本は読んでいたが、芝居は観る機会がなかった。私が動いた時にはすでに満席であった。希望者が殺到し、やむなく休演日の一日を公演することになり、その席も残り僅かであった。

私の席は舞台正面の一番後ろであった。二十八年間、六四八回の公演ということだから、私は千秋楽の二日前の六四六回目を観たことになる。

「座・高円寺」を入った右手に祭壇が設けられ、井上ひさしの顔写真を真ん中に、白ばらと白菊が飾られていた。三百回記念公演に、渡辺美佐子に贈ったという色紙が置かれていた。色紙には、

三百回は小娘で
五百回目が花盛り
七百回目で嫁に行き
千回演じておかあさん　　井上ひさし

とあった。

私が小学生の頃、空地でよく旅芝居の小屋が建ったものである。楽屋を覗いたら、一人の老人が化粧中の座員達に、これから演じる筋立てを話していた。今から思うと、これが〝口立て〟というものだった。

『化粧』の中でも女座長が、

「あたしたちはこれまで、二回も『伊三郎　別れ旅』の口立て稽古をしたはずです。二回も稽古をやって、それでも段取りがのみこめない役者はもう新劇にでも行くしか道がないんじゃないかしら」

という場面があって、客席の笑いを誘う。学生時代の友人に、東京・北区十条に住んでいたのが

いて、近くの篠原演芸場へ通ったものである。ここは大衆演劇の歌舞伎座といわれていたそうで、歌あり踊りあり芝居ありで、連日満員御礼であった。長谷川伸の『瞼の母』をよく演っていたものである。

井上ひさしも、大衆演芸の一座に短期間でもいたことがあったようで、『化粧』を書く下地は充分にあったのである。

渡辺美佐子の迫真の演技は、鼓動までが最後列の席にいる私にまで聞こえてくるようだった。一時間半の公演が終わると、拍手が鳴り止まなかった。カーテンコールに三回出てきて、渡辺美佐子は最後に言った。

「この拍手は井上ひさしさんに届いていることでしょう。ありがとうございました」

私が井上ひさしと初めて会ったのは、三十六歳の時である。当時、私は小田原の本屋に勤めていた。その本屋では毎年「謝恩文化講演会」を開催していた。

講師は第一回目の戸川幸夫、平岩弓枝を始めとして、有馬頼義《よりちか》、高田好胤《こういん》、三浦朱門、曽野綾子、山田太一など。有力出版社の協力を得ての講演会は、市民に好評だった。

古い手帳を見ると、梶山季之《としゆき》と井上ひさしを迎えたのは、昭和四十九年四月二十一日である。

井上ひさしは、二年前に『道元の冒険』により岸田國士戯曲賞を受賞、『手鎖心中』により直木賞を受賞したばかりであった。

社長より接待役をおおせつかり、まずは新幹線の改札口に出迎えた。タクシー乗り場に案内したが、「こだわるようだけど（講演会場まで）歩いて行きたい」と言った。

梶山季之さんは超多忙な人なのに、よく来られましたね？　ええ、うちの社長と戦前、朝鮮の京城中学で同級生だったそうですよ。今回で二回目です。『宮本武蔵』の吉川英治も先祖が小田原藩の藩士だったという縁で、講演に来たことがありました。はい。郷土史家が「禄高は五石《こく》十人扶持《ぶち》」と紹介したら、聴衆がどっと爆笑したという話ですよ。

その話は知ってます？　吉川英治の『忘れ残りの記』に載っている？　これは失礼致しました。先生は読書家であられるから、釈迦に説法でした。いずれ、宮本武蔵は戯曲で書きたい？　楽しみにしてますですよ先生！　え、先生呼ばわりはしないでくれ？　はい、はい。

えー！　井上さんのお母さんも小田原の出身ですか、前川《まえがわ》ねえ、前川といえば国府津駅の方が近いですよ。十四歳で東京へ看護婦見習いに行ったんですか。少女時代は小田原へは年に数回しか行かなかったでしょうね。丹那トンネルができるまでは、御殿場線の国府津の方が賑やかだったでしょうからねえ。

父親が亡くなった時、井上ひさしは五歳で弟はまだ母親のお腹の中にいた。講演内容は、生活と子育てに孤軍奮闘した母親の苦労話であった。といって湿っぽくならず、ユーモアに溢れサービス精神旺盛に聴衆を沸かせたことはさすがであった。

夕食の接待には、川崎長太郎が毎日「ちらし丼」を食べに行ったという老舗の「だるま」に会席料理を予約しておいた。ところが、井上ひさしは「こだわるようだが、ラーメンがたべたい」と言った。そして、私の好みのラーメンを聞くので、

♪スープは鶏ガラの醤油味
　麵は太くてちぢれ麵

と唄うが如く答えたものである。

それでいきましょうと、賛同してくれたので、小田原駅前の商店街を入ってすぐの「A華軒」に案内した。

井上ひさしがなんでラーメンにこだわったのか、遅ればせながら最近彼の自伝的作品といわれる「汚点《しみ》」という小説を読んで解った。

井上ひさしが孤児院にいた頃、母と弟は岩手県南部の小都市のラーメン屋に住み込んでいた。護岸工事で三交代制の労働者相手の店は、夜通し開けていて明け方の五時近くに、テーブルを寄

せ集めてベッドを作り、その上に蒲団を敷いて寝ていた。

母は生活を立て直すため、ラーメン屋の主人から金を借り、弟を預けて釜石へ行く。ひさしに来る弟の葉書は、いつもラーメンの汁か、ニラ炒めの汁の汚点《しみ》がついていた。調理場で手が休める時に、書いているようだった。心配になって、ある日ラーメン屋に弟を訪ねると、弟は学校に行かせて貰えず、霜焼けの手で葱を洗っていた。岡持ちを引き摺るようにして出前に行かされ、少年店員としてこき使われていたのだ。

そこで兄は米軍キャンプの将校からの寄付金を一部貸してもらい、母の借金を返して、弟を自分が入っている孤児院に引き取るという話である。

中学や高校の教科書に採用したい作品だ。先日、久しぶりに小田原のA華軒に行ってみた。こともあろうに、店のまん前に全国的に展開しているラーメン屋「H高屋」がオープンしているではないか。

A華軒は三代目の若夫婦に変わっていた。私と井上ひさしが店に来たときは、三代目はまだ中学生だった。初代と二代目の教えを忠実に守ってきたこともあってか、店は安泰であった。井上ひさしがおいしそうに、ラーメンを食べていた口元を思い出していた。

私は、ラーメンを啜りながら、井上ひさしの作品はこ、だ、わ、り、の文学であり、こ、だ、わ、り、の戯曲であり、こ、だ、わ、り、の人生であったのではないかと思った。

吉里吉里もひょうたん島も反戦も長く太くて井上ひさし
（東京都）野上 卓・朝日歌壇二〇一〇年五月十日

敵も味方も山も笑わせゆきしかな
（福島市）中村 晋・朝日俳壇二〇一〇年五月三日

ゲゲゲと妖怪博士井上円了

ＮＨＫの朝ドラ「ゲゲゲの女房」の評判がいいようである。私も毎日楽しく見ている。西岸良平の『三丁目の夕日』と同じ貧乏だけど人情があって幸せだった、昭和三十年代が舞台である。

水木しげる夫婦が、東京・調布市で新婚生活を始めた頃、私は東京・中野区の東洋大学の創始者にして「妖怪博士」の異名を持つ哲学者・井上円了が寄贈したという「哲学堂」の近くに住んでいた。

当時、勤めていた会社の先輩の実家が、調布でお好み焼き屋をやっていて、一度だけ招待されたことがあった。今では場所もすっかり忘れてしまった。

水木夫妻が、自転車でよく散歩に行ったという深大寺にも、私は五十年前に行ったきりである。山門前にある蕎麦のＳ家《や》は、高校時代の一年後輩である。以前、蕎麦屋は二、三軒しかなかったと記憶しているが、その後、深大寺付近はどうなっているか、テレビの影響はどんなものかと、先日行ってきた。

バスを降りた所に、「深大寺散歩マップ」というパンフレットが置いてあった。それを見ると、この付近には歌碑が四つ、句碑が十一と俳人の墓が四つもあるのには驚いた。

五十年前の私は、俳句や短歌に興味がなかったので、記憶に残らなかったのだろう。

境内には私の知らない俳人もいたが、

遠山に日の當りたる枯野哉　高濱虚子
萬緑の中や吾子の歯生え初むる　中村草田男

というお馴染みの句碑があった。

深大寺を詠み込んだ句に、

春惜しむ深大寺そば一すゝり　皆吉爽雨
草や木や十一月の深大寺　星野麥丘人

というのがある。

水木しげるのお気に入りという墓場に行ってみた。皆吉爽雨、安東次男、小林康治の墓があり、入口近くの石田波郷の墓には、金属の案内板が、他の俳人とは別格だといわんばかりに立ってい

た。墓石は横長で「石田波郷」とだけ。まるで表札のようであった。誰が手向けたのか薔薇が挿してあった。私は波郷の、

女 来 と 帯 纏 き 出 づ る 百 日 紅

の句を思い出した。

昼食は勿論、蕎麦にしようとS家《や》を覗いたが、最近テレビに紹介されたようで満席だった。後輩には挨拶もせず、墓場近くの店に入り、味噌おでんを肴に小瓶の「深大寺ビール」を一気に飲んだ。

京王線の調布駅に戻り、駅前から五分の所にある観光案内所の「ぬくもりステーション」に寄った。水木しげる展示コーナーと鬼太郎グッズを売っている。出身地の鳥取では、駅や空港の売店で妖怪の名のついた酒だのTシャツなどのグッズ類が溢れているとのことである。

私はゲゲゲの鬼太郎のトイレットペーパーを求めた。五、六種類の妖怪の絵と説明が付いている。これでお尻を拭くのは惜しいから、冷蔵庫の上に飾って置くことにした。独居老人であるから誰も文句を言う人はいない。

案内所の女性に、水木先生もここによく見えるのですかと聞いたら、時々見えて、いつのまにかフワッと消えていて、先生は妖怪そのものなんですよ、と言った。

私としては水木しげるならば、正直、妖怪漫画よりも戦記漫画の方が好きである。『水木しげるのラバウル戦記』などには「土人」という言葉がよく出てくる。

「〝土人〟という言葉は侮蔑的な意味で使われることが多いということだが、ぼくは、彼らを、文字通り、土とともに生きている素晴しい〝土の人〟という尊敬の意味で〝土人〟と呼んでいる」と書いている。

ラバウルで見た土人の生活は、楽しそうで幸せそうで、自分も土人のように生きようと現地除隊も考えた、とも述べている。

私が数年前、台湾へ行くと言ったら、「台湾？　何しに行くの、土人の踊り見たってしょうがないだろう」と言った人がいた。台湾は蝶の宝庫で、昆虫採集が目的だったのだが、この場合の「土人」はあきらかに侮辱的差別語である。水木しげるが言えば尊敬語である。

それはそれとして、私の半世紀ぶりの深大寺探訪は終わった。茶店で買った深大寺ビールは、よく冷えて飲みごろとなっていた。新宿新都心のビル群の灯を眺めながら、一句浮かんできた。

波郷の墓訪ひ深大寺ビールかな　康吉

◆

二年前に東京・中野の哲学堂に隣接するマンションを手に入れ、息子夫婦に住んでもらっていたが、転勤に伴い、トニー谷ではないが、「家庭の事情」で私が住むことになった。

永年住み慣れた神奈川県から東京へ戻ったのである。引越しはこれで十一回目になる。転職（十三回）も多かったが転居も多かった。ここが終の棲家となるだろう。

哲学堂は散歩コースとなり、ある日、高校の新入生らしい一団が、哲学堂下にある蓮華寺に集まっていた。生徒に今日は何ですかと聞いたら、井上円了が創立した、今では中高一貫校になっている京北学園の生徒で、墓参りに来たのだという。私は、円了の墓がこの寺にあることを今まで知らなかった。

生徒の一人が（井上円了は）有名な人なのですかと聞くので、有名だよ、妖怪博士ともいわれているが、明治時代に活躍した哲学者で教育者で無私な人だったと答えた。

それから二、三日して、また蓮華寺に寄ってみた。円了の墓地の樹木を、植木職人が三人がかりで作業をしていた。聞くと、明後日が命日で九十二回忌の法要があるという。

井上円了は、一八五八年（安政五年）越後国三島《さんとう》郡の慈光寺に生まれた。明治十八年東京大学哲学科卒業。哲学科の卒業生は円了一人だった。明治二十年、本郷に「哲学館」（現・東洋大学）を開設した。迷信打破のため、「妖怪研究会」を設立。妖怪学講義録は明治天皇にまで奉呈された。明治三十二年京北中学校設立。明治三十六年東京府下野方村江古田和田山（現・東京都中野区松が丘）に哲学堂建設に着手する。明治三十七年より全国各地へ巡講始まる。大正八年六月五日満州大連にて講演中脳溢血で倒れ、翌六日妖怪のごとくあっというまに逝去された。六十一歳だった。『哲学一夕話』『理論的宗教学』『日宗哲学序論』『東洋心理学』『外道哲学』『迷信と宗教』など著書多数。井上円了の生涯は、傑作と誉れの高い水木しげるの『神秘家列伝　其ノ参』（角川文庫）に載っている。

さて、墓地が奇麗になっていくのを見てから、私は古書即売会の会場に寄った。足下の函につまずいたので、見ると中に『井上円了選集』がバラで十冊ほど入っていた。東洋大学の刊行であるが、全何巻なのだろうか。永年古書即売会に出入りしているが、円了選集を見たのは初めてだった。

これは、妖怪が私を円了先生に会わせたのかも知れないと思った。九十二回忌に出席しようと思った。当日、本堂の玄関に立つ女子職員に、近所に住むものだがよろしいか、というと、「どうぞ」と言った。祭壇の中央に男女学生のコーラス部員が三十人程正座していた。出席者は百人前後であった。読経の中、焼香が終わるとコーラス隊が立ち上がり合唱した。曲名は失念したが、胸に響くものがあり、感動した。お寺にコーラスも悪くないなと思った。約四十分の式典は終わった。

新井薬師前の駅前に「蜜蜂」という喫茶店がある。散歩の途中に時々寄るのだが、先日、何気なく井上円了の話をママにしたら、お孫さんが毎日のように来てますよ、というのだ。

今年九十一歳で、自宅は哲学堂に隣接していて、緩やかな坂道を杖なしで元気に歩いて来ると言った。大正八年生まれだから、祖父円了が亡くなった年に生まれたのである。

一度お会いして話がしたいのだが、私が店に行くと、今、お帰りになったところですというし、私が帰ったあとにお越しになったりして、神出鬼没で妖怪が妨害するのか、なかなか会わせてくれない。困ったものである。

仁智栄坊と俳句弾圧事件

川崎競輪の帰りに、必ず立ち寄るK書房という古本屋がある。文学書を中心に内容の濃い本を置いている。業界用語でいう「黒っぽい本」である。歩道に面している棚には、百円、二百円の本が詰まっていて、時々掘出し物があるので、私の楽しみの一つである。

最近、小堺昭三の『密告——昭和俳句弾圧事件』（ダイヤモンド社）を見つけた。俳壇的には「京大俳句事件」というらしいが、私は数年前、西東三鬼の「俳愚伝」を読んで初めて知った。治安維持法違反容疑で第一回目、昭和十五年二月十四日に平畑静塔ら六人の俳人が逮捕された。私は、起訴された三人のうち仁智栄坊に興味を持った。

『密告』の中にも「俳句弾圧事件のためにドラマ以上の、数奇にして過酷な運命にもてあそばれたのは、第一の逮捕者仁智栄坊氏である」との記述がある。この人ほどロシヤ語と俳句でどえらい目にあった人はいないだろう。

名前からしてペンネームではないかとすぐ解る。川柳などには、角恋坊、剣花坊、唖蟬坊《あぜんぼう》などと「坊」の付く人はいるが、俳号では珍しい。

仁智栄坊《ニチエイボウ》とはロシヤ語の「ニチェボー」をもじったペンネームである。「ニチェボー」とは、〝何てことはない、気にするな、勝手にしやがれ、まずまずのところで、問題ない〟という意味である。一般には否定の意味で使うが、肯定する場合にも使うことがある。若い男が数人いる所へ美人が通る、その時、「いいのが行くね」と一人がいうと、仲間が「ニチェボー」と応じる。この場合は「そうだな、悪くないな」という意味になる。

仁智栄坊は、「気にしない男」という意味で使ったようだ（世間には気になることが充満していたのだが）。

私が数年前、三回目のロシヤ旅行に行った時、オデッサからグルジヤへ向かう飛行機が、気象の関係で飛べずにオデッサに三日間足止めをくったことがあった。いらいらしていたが、金髪美人のガイドには「ニチェボー、ニチェボー」と連発したら、笑っていたので、この場合も使って正解なのかも知れない。

仁智栄坊の本名は北尾一水《きたおかつみ》という。一九三一年（昭和六年）二十一歳で大阪外国語学校（現・大阪外国語大学）露語部を卒業した。司馬遼太郎もここの「蒙古語部」に学び、昭和十八年十一月に仮卒業で学徒出陣、戦車隊に所属した。

大阪外国語学校は民間人の「船成り金」の篤志によって、大正十年十二月に創立された。募集人員二百人で、そのうち露語部は二十人だった。

昭和初期には、露語部の生徒全員の名前が警察のブラックリストに載る時代になっていた。仁智栄坊も載っていたのではないかと推察する。

「俳句弾圧事件」についての詳細は、栄坊自身書いている。「俳句研究」昭和五十四年一月号に「京大俳句事件――一被告の覚え書き」というタイトルで、二十五頁にわたる長文である。その中に、検挙の指揮をしていた京都府警の特高警部が発声した台詞が印象的なので引用しておくと、

（仁智栄坊て、ロシア語やてな）、はっはっは。ロシア語！　ロシア語！　ロシア語は、マルキストより、マルキシズムより、なお危険で。爆薬物（危険取り扱い注意）。そして。それは、インテリゲンチャの良心を着ている（魔神）なのか？

しかし、露語部を出た昭和六年は、不景気と失業の世の中で、今の時代に似ていた。二年後、やっと大阪逓信局に就職した。

無線課に配属され、モスクワ放送を傍受し、原稿にして情報局へ通報するのが仕事だった。その他、ソビエトの新聞「プラウダ」や「文学新聞」「ロマン・ガゼータ（ロマン新聞）」、雑誌の「ノーブイ・ミール（新世界）」などの記事を翻訳していた、というから相当語学ができたのである。

だから、判事から「君の母校から、講師にという手紙がきてたんやし、本省詰めで内閣情報官になれたんや」と、暗に俳句などやらなければ……ということを言われたりした。

私の手元に、日本ロシア文学会編の『日本人とロシア語――ロシア語教育の歴史』（ナウカ／平成十二年十月）という本があるが、「大阪外国語学校露語部」の項の「露語部の出身者たち」という中に、仁智栄坊のことが一行も言及されてない。

そこで、辞典やインターネットなどで調べてみると、栄坊には句集は一冊もないが、翻訳物二冊と自伝的小説も二冊あった。

翻訳は昭和十八年、旧満州の出版社から、本名の北尾一水で出している。

①『シベリヤの風土と異民族誌』ペ・ゴロワチェフ編

②『白系露人作家短篇集』バイコフ他七人の短篇九篇所収

小説は、次の二冊。

①『七枚の肖像画』（文琳社／昭和五十八年七月）

②『ロシア難民物語』（文琳社／昭和五十九年十一月）

この四冊共、インターネットで見てもらったが、古本屋には売りに出てないようである。『シべリヤの風土と異民族誌』は早大図書館で読めた。『白系露人作家短篇集』は未見であり、『ロシア難民物語』は栄坊自身のシベリヤ抑留記かと思ったら、ロシヤから逃れて神戸やハルビンに住んでいる、白系ロシヤ人の難民のことを書いたものだ。私は西東三鬼の「神戸」「続神戸」を思い出し、感じが似ていると思った。『七枚の肖像画』の方は、国会図書館の蔵書にもなく、インターネットにも引っかからない。関西の古本屋で探すほかないかと思ったが、とりあえず、発行元に在庫があったら送ってもらおうと葉書で問い合わせた。発行後二十五、六年経つし、発行所も消滅しているかも知れないと思い、期待はしてなかった。

ところが、打てば響くように翌々日には私宅に届いたのである。しかも、『ロシア難民物語』も入っていたのだ。

『七枚の肖像画』は、「俳句事件」で保釈後、満州に渡りハルビン中央放送局に入社し、敗戦後、露語放送の責任者としてスパイ容疑捕虜となり、シベリヤのチタ、中央アジアのカラカンダからカザンへ、そして又シベリヤと抑留生活五年を通訳としても使われながら収容所を転々とした時に出会った七人の物語である。

発行元のオーナーは印刷業が主だったので、出版物の流通ルートがなく、書店に出回らなかった為、読者に届かなかったようである。

オーナーは、この本は古いものだし、読んでくれるだけでも嬉しいから進呈するというのである。

　しかも、俳誌「芭蕉」の同人であった頃の、栄坊の句をコピーをとって送ってくれたのである。最近、このような心温まることに出会ったことがない。


　今年の上半期で忘れられない出来事があったのでそれを記しておく。

　一つは、横浜事件を「無罪」と認定したことである。横浜事件は「俳句事件」から二年後に起きた特高警察によるデッチ上げの言論弾圧事件であった。

　もう一つは、元シベリヤ抑留者に給付金を支給する特別措置法が成立したことである。

　その二週間後に、タイミングよく井上ひさしの『一週間』（新潮社）が刊行された。シベリヤ抑留をテーマにしたもので、十年前から雑誌に連載されていたとは、全く知らなかった。

　主人公、小松修吉の「修吉」は井上ひさしの父親の名であり、「小松」は父とひさしの山形県の出身地の地名である。井上ひさしは父親の名を『一週間』の中に刻み込んだのである。

　戦前と戦後の問題がやっとここで解決した。一つの区切りがついたといえるのではないか。

　児を残し男は戦場に逃げてつた　　仁智栄坊
　戦闘機ばらのある野に逆立ちぬ

築地警察署と豊多摩刑務所

立川競輪の帰りのバスの車窓から、商店街を眺めていたら、ビルの前に「古本市開催」の赤旗を見つけたので寄ってみた。

その日の競輪の成績は四勝二敗で、交通費と食事代を引いても、若干の余裕があった。

会場の奥の棚に、東京の『警察署史』が七、八冊詰まっていた。見ると神田署、浅草署、丸の内署、四谷署、蒲田署などに交じって、私の一番欲しかった築地署もあったので、内容も見ずにすぐ求めた。

いい値段がついていた。函入、布装の六百五十頁の立派な本である。昭和四十八年八月発行の非売品で、古本屋はどこで入手したのだろうか。

『築地警察署史』(警視庁築地警察署)に特に関心を持ったのは、小林多喜二がらみである。というのは、昭和八年二月二十日、多喜二は赤坂の路上で逮捕されると、築地署へ連行され、その日のうちに拷問により虐殺された。

東京朝日新聞の報道は、

「小林多喜二氏　築地署で急逝　街頭連絡中捕はる」

という見出しになっていた。

多喜二を訊問したのは、警視庁から駆けつけた特高係長のN警部と、拷問係のS刑事部長とY巡査であり、それに築地署の特高係四、五人が手伝ったという。

多喜二の様子がおかしいので、築地署裏の前田病院に運んだが、午後七時四十五分絶命した。当時の築地署長は、市川国雄警視であった。明治八年の初代から数えて、第四十八代目であった。在任期間は昭和七年九月から昭和九年十月迄の二年一カ月で、長い方であった。

松本清張の『昭和史発掘5——小林多喜二の死』（文藝春秋）によれば、

市川築地署長は、

「殴り殺したというような事実は全くない。当局としては出来るだけの手当てをした。長い間捜査中であった重要被疑者を死なしたことはまことに残念だ」

と、白々しくいった。

と、記されている。

さて、『築地警察署史』の方は、多喜二に関してどのような記述をしているか、期待と共に目を皿のようにして探したのだが、それが一行も触れてないのである。

私は、がっかりしたと同時に、空白にしたことはある程度予想はしていた。自らの汚点を隠そうとする心情は、解らないこともないが、もし多喜二虐殺を取り上げていたら、この署史は高い評価を得ただろうと思うと、残念でならなかった。


先日、わが家から自転車で七、八分の所にある、受刑者の作った製品を売っている店、正式には「刑務所作業製品展示・販売ルーム」というのだが、そこに行って何点か買ってきた。

函館少年刑務所製の「前掛け」と「獄楽腰袋」、長野刑務所製の「そばがら枕」に、三重刑務所製の「和紙便箋」と「和紙封筒」などを買ったのだが、頼みもしないのに「ポイントカードを作っておきました」と、女性職員に半ば強制的に作らされた。

この展示ホールは、東京・中野区の中野刑務所の跡地にあるが、私などは豊多摩刑務所といった方が懐かしく、しっくりする。

戦前、戦中は主に政治犯が入っていた。左翼の連中で、ここに入獄しない者はいなかっただろう。多喜二も入っていた。

明治四十二年に、市谷監獄から豊多摩郡野方村に移転の話があった時、私の祖父は反対派に立ち、用地買収に応じないように、村会で決議した。

しかし、いくら反対したところで、現在の市民運動と違うから「泣く子と地頭には」勝てず、明治四十三年三月に移転してきた。

終戦後、豊多摩刑務所の政治犯は解放され、昭和二十一年に米軍に接収された。連合国の軍人・軍属等の犯罪者を収容する、拘禁所（スタッケード）となった。

現在の展示ホールがある辺りに、ジュラルミン製の米軍のカマボコ兵舎が建っていた。屋根が半円形でカマボコに似ていたので、そう呼んでいた。

拘禁所は、昭和三十一年に返還されたから、十年も接収されていた。その間、年に平均一回は脱走事件があったように思う。囚人が脱走すると、サイレンを鳴らして近隣住民に知らせた。

ところで、私はプロ野球は観ないが、高校野球はよく観る。夏の甲子園が始まると、テレビにかじりついて仕事にならない。試合開始と終了した時に鳴らすあのサイレンが、囚人の脱走を知らせるサイレンとそっくりなのだ。

甲子園の場合は、下り調子で終わるが、刑務所の場合、上り調子で数回繰り返されるのだ。脱走は昼間より夜間の方が多かった。

わが家は直線距離にして、五百メートルしかないから、サイレンが鳴った日の夜は戸締りを厳重にして息を潜めているのだ。

ある年、昼間にサイレンが鳴った。頃は八月、中の頃、夏休みで家にいたのである。小学校の四、五年生だったと思う。サイレンが鳴ってから十五分位たった時、いきなりMPのヘルメットを被った白人兵が二人、土足で部屋に上がって来た。押入れや納戸を荒々しく開けて、囚人が隠れていないかを確認すると、裏口から出て行った。

あとで、三軒裏に住んでいる同級生のK君に聞いたら、銃を持ったMPが二人、土足で上がって来た。びっくりして母親と姉の三人、裸足で外へ逃げたよ、といった。

このことが原因で、K君は米兵や英語が嫌いになったそうである。米兵から道を聞かれても、英語は使わず日本語で答えたり、娘が大学進学で英文科へ行くのを反対したりした。これを私は、「進駐軍アレルギー」と呼び、戦時中の「鬼畜米英」のスローガンが未だに尾を引いているのだと思った。

あの時の脱走兵が、捕まったかどうかは解らない。当時の新聞を見たが、どこにも見当たらなかった。住民の不安と刑務所の責任問題があったので、報道管制をとったのだろう。

しかし、占領一年後には、婦女暴行の米兵に、終身刑や絞首刑宣告という記事が載っていた。豊多摩刑務所は、「絞首台のない獄舎」として知られていたが、米軍が接収してから、絞首台が設けられたようだ。黒人、白人合わせて二十数名が処刑されたとのことである。

ところで、去る八月に法務省は、東京拘置所内の刑場を報道機関に公開した。現在、百七人の確定死刑囚が執行されていない、という現状に納得いかない人は多いのではないか。祟りがあると恐いから、法務大臣が判を押さないのだろうか。

とにかく、日本が米英と戦争したことも知らず、どっちが勝ったんですかと聞く大学生がいるという現状だから、昔話は止めなさい、という人がいるけれど、歳のせいか、つい昔話になってしまうのである。

占領中の刑務所脱走事件の話は、以前にも書いて重複気味だが、それだけ私の脳裏に焼きついて離れなかったのだろう。

私の持っているワープロで「進駐軍」と打って漢字変換したら「心中群」と出たので大笑いした。

ホームレス歌人・公田耕一考

書店で時々短歌雑誌を手に取るのだが、「短歌研究」の十月号の特集に目が止まった。第二八回現代短歌評論賞に、松井多絵子の「或るホームレス歌人を探る——響きあう投稿歌」が選ばれた。

タイトルを見た時、「朝日歌壇」に投稿していた公田耕一のことだと、すぐ解った。私も気になっていて、切抜きをファイルしていたのだ。住所欄が「ホームレス」となっており、名前も「公の田を第一に耕す」という解釈をすれば、ペンネームのような気がした。

明治・大正・昭和初期に活躍した社会主義者、荒畑寒村を思わせる名前である。「一寒村の荒れた畑を耕す」ということで、素晴らしいペンネームだなと感心して、人名辞典を引いたら本名は荒畑勝三だった。父親が「戦争に勝つぞう」という意味でつけたのだろうか。

それはともかく、公田耕一が登場したのは、今から二年前の二〇〇八年十二月八日であった。真珠湾攻撃の記念日でもあった。

（柔らかい時計）を持ちて炊き出しのカレーの列に二時間並ぶ　（ホームレス）公田耕一

というもので、「柔らかい時計」がダリの時計を指すとは寸評を読むまで解らなかった。画集を見ると、正式の題は「記憶の固執」となっていて、俗に「柔らかい時計」と呼ばれて、ダリの作品の中で最も知られている、という。

炊き出しに何人集まるのか知らないが、一人二分かかるとして、六十人目にしてカレーにありつけたわけである。

翌々週にはもう反響があって、

炊き出しに並ぶ歌あり住所欄（ホームレス）とありて寒き日　（豊中市）武富純一

とホームレス歌人を気にかけている。

そこで、公田耕一の二十八首の入選歌から、私なりに人物像を想像してみた。勿論、フィクションもあるだろうが、額面通りに受け取って解釈してのことである。

まず、住まいは横浜の寿町のドヤ街（簡易宿泊所）である。寿町は東京の山谷、大阪の釜ヶ崎と並ぶ三大ドヤ街の一つである。

寿町といえば、昭和五十八年二月に起きた「浮浪者連続殺傷事件」を思い出す。中学生を含む少年グループが、横浜市内の公園や地下街のホームレスを襲い、三人が死亡、十三人が怪我をしたという事件である。

この時は、まだ公田耕一は働き盛りで、ホームレスにはなっていなかっただろう。

作家の佐江衆一は、事件の真相を追究すべく、寿町のドヤ街に潜入して、書き上げたのが、ノンフィクションノベル『横浜ストリートライフ』（新潮社／昭和五十八年十二月）である。

公田耕一の両親はすでになく、子供もいない。結婚の経験はあるか解らない。年齢はどうかというと、

ララ物資ならぬ支援のジー・パンのウエスト58が入りぬ　　公田耕一

とあるから、ララ物資（昭和二十二年から昭和二十七年迄続いた）の脱脂粉乳を学校給食で飲んだ世代である。とすると、昭和十年から昭和二十年迄に生まれた、六十五歳から七十五歳迄の方ではないか。

一日中、歩いているようだが、雨の日は図書館に通っている。栗本薫の大長編小説『グイン・サーガ』がお好きなようである。リサイクル本の中から、塚本邦雄撰の『清唱千首』（冨山房百科文庫）を貰ってきて読んだり、歌集『水葬物語』、林芙美子の『放浪記』（みすず書房）なども読んでいるようである。

辞書持たぬ歌作りゆゑあやふやな語句は有隣堂で調べる　公田耕一

この有隣堂は、新刊書店として明治四十二年創業の老舗である。距離的にいって横浜・伊勢佐木町の本店であろう。

図書館で調べれば簡単なことだが、わざわざ書店に出向くのは、最近はどんな本が出ているか気になるからだろう。相当な読書家タイプである。それに、新聞もよく読んでいる。栗本薫が五十六歳で死去したことや、貧困ビジネスが台頭してきたことも知っている。

マクドナルドの無料コーヒー飲みながら方代さんの伝記読み継ぐ　公田耕一

田澤拓也の『無用の達人　山崎方代』（角川ソフィア文庫）は、六年前に発行された単行本の文庫化である。

方代はホームレスになったことはないが、それに近い先輩として敬愛していたのであろう。この文庫本を八百二十円出して買ったのではないか。

週一回、投稿する葉書代と新聞代、コインシャワー、コインランドリー、風呂代、百円ショップの赤いきつねの購入などに、現金がいる筈だが、どんな手段で現金を得ているのか解らない。廃品回収でアルミ缶や段ボールを集めているようでもない。

二〇〇九年九月七日の入選を最後に、一年過ぎても投稿がない。しかし、応援歌は未だに続いている。

公田さん居ること願い炊き出しの冷麵くばる寿地区センター　（横浜市）大須賀理佳

二〇一〇年七月二十六日

パンの耳捨てしを恥ぢぬみみだけで一日生きしとふ歌人いづくに　（成田市）神群一茂

二〇一〇年九月六日

呼びかけても、今となっては二度と投稿してこないだろう。

公田耕一は存在するのか。私は最初、佐江衆一ではないかと一瞬思ったが、氏は俳句、短歌の類はやらないのである。

私の結論は、横浜近辺に住居を持つ、教養があり、読書好きで、ドヤ街の資料を集め、短歌も作るという、年金ぐらしのホームレスマニアの仕業ではないかと思うのである。

今年も歳末に救済のテント村が出るのだろうか。

消ゴムで消してくれんかわが一生　大石 太

二〇一一年

三打数一安打

山口瞳が亡くなって十五年過ぎた。人気は未だに衰えないようである。

古書店でも、単行本は一冊千円から千五百円前後の値がつき、ＪＲ中央線沿線の古書店で、気のきいた文句の書いてある落款付サイン本が、七千円とか八千円で売っていたのを目撃することもあった。

だから、ブックオフなどで、たまに百円均一の棚に紛れているのを発見すると、儲けた気分になり、思わず微笑んでしまうのである。

一昨年（二〇〇九年）は『山口瞳対談集』全五冊が、昨年には『追悼』（上下）がいずれも論創社から刊行された。

何年か前に、私が感銘を受けた「三大追悼名人」に、小林秀雄、江藤淳、山口瞳の名を挙げたことがあった。それは今も変わらない。

山口瞳に書いて貰った人は幸せである。『追悼』は週刊新潮に「男性自身」というタイトルで三十一年九カ月、一六一四回連載された中から抽出したものである。

山口瞳とかかわった人達、八十人に捧げた追悼文である。作家、文芸評論家、編集者、が多いが、中には画家、落語家、野球選手、将棋の棋士、競馬の騎手、行きつけの店の主人なども入っていて、交際範囲の広さを物語っている。しかし、どういうわけか俳人は一人もいない。好きな俳人がいなかったのか、俳人とのつきあいがなかったのか、『追悼』の編者が割愛したのかは解らない。自身では俳句を作らないが、俳号は變奇館、偏軒、不如意、寒庵《さむあん》、草臥《そうが》の五種もあって、俳句は四句のみ発表している。

そのうちの、

小鰯も鯵も一ト鹽時雨かな

という句については、「山本健吉先生のお目にとまり、東京新聞の俳句月評で褒めてくださった。とても嬉しかった」（「私の俳号」）とある。

ともかく、本著は、山口瞳の言葉を借りれば「舌なめずりしながら」読み「メチャンコおもしろかった」のである。

誰に対して、一番多くの追悼文を書いたかを当たってみたら、向田邦子と梶山季之が共に六十六頁割いていた。

以下、川端康成三十五頁、三島由紀夫三十三頁、開高健二十頁、吉野秀雄十八頁、大岡昇平九行、山本健吉十八行と短いのもあった。

追悼文の長短は、自分の好みが表れている。誰に頼まれたものではないから（中には注文原稿もあるが）本音が出て面白い。

向田邦子は、直木賞受賞と前後して、週刊文春に随筆を連載した。週刊新潮の「男性自身」と対抗するかのようであった。

山口瞳は、彼女に手紙を書いた。少し長いが、私にも言われているようだし、これからの参考にしたいので、引用してみる。

週刊誌の見開きの随筆を長続きさせる方法をお教えします。三打数一安打をこころがけることです。毎回が面白いと、読者はそれに馴れてしまって、もっと高度なもの、もっと密度の高いものを要求します。これは決してツマラナイものを書けと言うのではありません。いや、ときにはツマラナイものを書いてもいいのです。そのかわり、これは面白いと思ったら、その材料を蔵っておくのです。面白い材料をある回に集中して発表します。三打数一安打のヒットというのがその意味です。それが二塁打、三塁打になれば、五打数一安打でも、読者は許してくれるものです。

ここに、山口瞳の心髄を見た気がした。各人、顔が違うように、それぞれ価値観も違うのである。料理と同じでAさんが美味いと言っても、Bさんは不味いと思うのはどうしようもないことである。

山口瞳でさえ「それはお前の偏見だ」と言われたり、心友の梶山季之に褒められた文章は「ある戦中派」の一篇だけだという。

私は「旦那の意見」に反対したことは一度もない。すべて、ごもっともと思ってきた。

私の文章のお手本は、山口瞳の「男性自身」である。私も、おこがましいが三打数一安打を目標にしたいと思っている。

皇后陛下のビスケット

東京・神田駿河台下にある、三省堂書店の隣のビルに「古書モール」という名の古書店がある。ここは、何店舗かの古書店が共同出品しているので、バラエティに富んでいて面白い。

先日、百円均一の棚で中田雅子の『皇后陛下のビスケット』という本を見つけた。値段が表示してある手書きの筆跡に見覚えがあった。

古書の情報誌「彷書月刊」の編集長、七痴庵こと田村治芳のものであった。「なないろ文庫ふしぎ堂」という、ふしぎな名前の古書店も経営していた。

私が三年前に出版した本の広告を、「彷書月刊」に半年間載せたことがあった。五冊売れたが、「五冊しか売れなかったというべきか、五冊も売れたというべきか」と、皮肉を込めて手紙を出したが、返事がなかった。

「彷書月刊」は、巻末の古書販売目録が目玉で、特集の企画もよく、端から端まで読んでしまう程、面白い雑誌であったが、去年（二〇一〇年）十月号で休刊となった。それを見定めるかのように、田村治芳は今年の一月一日に六十歳で亡くなった。

さて、『皇后陛下のビスケット』であるがここでいう皇后陛下は美智子様ではない。昭和天皇の皇后、香淳皇后のことである。

向田邦子流にいえば「毎度古いはなしで恐縮だが」、書名を見て私は、第二次世界大戦末期に、学童集団疎開をした当時の回想記だとすぐ分かった。

学童集団疎開とは、戦渦を避けて都市部の児童を、学校単位で地方に疎開させることである。そこには、次代を引き継ぐ兵士として、聖戦完遂のために温存する目的があった。

その疎開児童に、戦意昂揚の目的もあって香淳皇后がビスケットを下賜されたのである。

私は学童集団疎開に行った最後の世代であるが、ビスケットを食べた記憶がないのだ。同じ疎開先で同級生だったK子に聞いてみたが、食べてないというし、K子の二歳上の姉に聞いても、記憶にありません、と政治家みたいなことを言うのである。

私はビスケットはどのように作られ、配布されたかに興味を持った。

企画したとされる文部省は、昭和十九年十二月十一日、次の材料を宮内省へ特配するよう要請した。要約すると、
・小麦粉一六〇〇袋(一袋二二キログラム、三五・二トン)・砂糖一万七六〇〇斤(一〇・五六

トン）・バター六二七〇ポンド（二・八四トン）・食塩三二貫（一二〇キログラム）。・製造工場には明治産業（現明治製菓）川崎工場を指定し、同年十二月十八日から製造を開始した。一袋二十五匁（九三・七五グラム、二十五枚）であった。

（逸見勝亮『学童集団疎開史』）

十二月二十三日の皇太子（今上天皇）の十一歳の誕生日にあわせるように、製造は急がれた。川崎高等女学校の四年生も、勤労報国隊として動員させられた。

こうして製造されたビスケットは、香淳皇后の短歌と共に昭和二十年一月から二月にかけて、疎開先で「御菓子伝達式」を行なってから下賜された。

学童集団疎開をテーマにした小説は、何人もの作家が書いているが、中でも小林信彦の『冬の神話』と『東京少年』は秀逸である。

特に『冬の神話』（講談社／昭和四十一年）は、なかなか手に入らない本である。ところが先日、神田神保町の古書店「@《アット》ワンダー」に、初版、帯付、北杜夫宛献呈署名入りで、五万二千五百円の値がついていたのにはびっくりした。北杜夫が売ったのか、誰が買うのか。

それはそれとして、ビスケットについて『東京少年』では、

十二月二十三日――皇太子御誕辰日（誕生日）に、（略）御歌《みうた》とビスケットを賜った。

と書かれているが、実際に受け取ったのは、昭和二十年二月十一日（紀元節）に、村の国民学校（埼玉県飯能）で伝達式をしたあとであった。

ビスケットに添えられた御歌は、

つきの世をせおふへき身そたくましくたゝしくのひよさとにうつりて
（次の世を背負うべき身ぞたくましく正しくのびよ里に移りて）

であった。

ビスケットは御賜と書かれた袋に二十四枚入っていた。そのうちの半分を地元の生徒に上げるため、教師は一人十二枚ずつ皆から没収した。

残された十二枚のビスケットを、ぼくは一日に一枚ずつ食べた。ミルクと砂糖が入っている本物だった。

（『東京少年』）


何人かの学童集団疎開の回想記を読むと、ビスケットの受領日がそれぞれ違うのは、製造と輸送の関係で解るが、ビスケットの枚数がマチマチなのは解せないのである。疎開記よりそれぞれ

要約すると、

・十二月（昭和十九年）のある日、全員が集められ、皇后陛下からビスケットを賜ったという報告があり、皇居に向かって「最敬礼」をした。紙風船と同じような袋に小ぶりのビスケットが十枚ほど入っていた。封の所に赤く小さな菊のご紋章が印刷されていた。地元の子と東京の父母にあげるため四枚回収された。

（中田雅子『皇后陛下のビスケット』）疎開先・長野県小県郡別所村

・昭和二十年二月十一日　今日、おそれ多くも、皇后陛下から御歌と御菓子をいただいた。一袋に二十五個入っていた。そのうち五個を残留組と地元の学童分として取り、残りを家の人とぼくたちが食べた。ビスケットは直径五センチほどで、忘れていた甘い香りが鼻をくすぐった。

（中澤敬夫『日本の子、少国民よ』）疎開先・長野県浅間温泉

・昭和二十年二月二十八日　皇后陛下よりたまはった、御歌、御菓子の伝達式が行はれた。お寺へかへると、ありがたいビスケットがおいてあった。中をあけると、丸いビスケットが十九枚はいってゐた。一つたべる。実においしかった。

（小暮得雄『回想の学童疎開』）疎開先・富山県井波町

製造元の明治製菓に、いろいろ問い合わせたが、昭和二十年四月十五日の空襲で、工場が全焼したため当時の資料は残っておらず、社史も戦時中の部分は空白になっている。

少しでも埋める為、足したり引いたり「算数の時間」となるが、我慢して頂きたい。

先にあげた材料で、直径五センチのビスケットが何枚できるか、試算してもらったところ、九五％以上の歩留まりで、推定すると一袋〔九三・七五グラム〕のビスケットが、三百六十万から三百七十万袋分になるということであった（諸説いろいろあるが）。

一方、小学三年生から六年生の人数は、学童集団疎開組が約三十五万人、縁故疎開組約三十二万人、残留組約三十三万人、計百万人だった。

ビスケットの製造が仮に三百六十万袋としたら、集団疎開組の三十五万袋引いても、三百二十五万袋が残る筈である。残りはどこへいったのだろうか。

私の想像では、実際の製造は四十万袋弱で残りの材料は、おそらく横流しされたか、他に流用されたか、もしくは空襲で焼けてしまったのだろうと思うのだ。

ところで、私がビスケットの記憶がなかったのは当然であった。入学した小学校の校史を調べたら、三年生から六年生までの第一陣は、昭和十九年九月に福島県へ出発している。

私達一、二年生は三月十日の東京大空襲後の昭和二十年三月末に出発している。

ビスケットの下賜は、二月末で終わっていたから、食べ損なってしまったのである。

それを取り返すかのように、今ではビスケットの買い溜めをして、漱石がロンドンで昼飯がわりに食べたように、私も文豪にあやかって食べているのである。

返ってきた帽子

「帽子の日」は八月十日である。英語でハット（8、10）の語呂合せからきている。

帽子が好きだ。特に夏の帽子が好きである。

少年時代に読んだ、南洋一郎《みなみよういちろう》の冒険小説の挿絵に出てくる、探険家の被る白いヘルメットが欲しくてたまらなかった。

この帽子を街で被っている人を、見かけたことがない。絶滅寸前であった。

三十年前、雑誌の「暮しの手帖」を捲っていたら、銀座の老舗帽子店の記事が小さく載っていた。例のヘルメットは、需要がないから今年から先代は作るのを止める、息子も後を継ぐ気はない。職人の技が消えて行くのを嘆いていた。

翌日、私は銀座の帽子店へ駆けつけた。

なくなると欲しくなるのが人情で、雑誌に紹介されたら、在庫は全部捌けてしまったという。

ガラスケースに入っていたヘルメットは駄目かと尋ねると、これは、作家の松本清張先生のご注文だという。先生は近いうちに中近東へ取材旅行に行くらしい。

お使いの方ですかと問われれば、書生の役なら私は慣れているから、松本清張の使いの者ですと騙って持っていくことはできたかも知れないが、それは私の良心が許さなかった。

悄気ている私に、イギリスの輸入品なら一つあると番頭さんはいう。色は白でなく薄緑というか草色をしている。私の頭は丸型で、ヘルメットは楕円だからピッタリとはいかなかったが求めてきた。

後日、週刊誌のグラビアに、あのヘルメットを被り、砂漠でラクダに跨がった松本清張の勇姿が載っていた。ヘルメットは誰にでも似合うものである。

◆

今回の東日本大震災の避難所への、天皇・皇后両陛下の歴訪は、敗戦直後の昭和天皇の地方巡幸を思い起こさせた。

昭和天皇はソフト帽を愛用し、夏はパナマ帽より安いカンカン帽を被っておられた。国民に向かって帽子を手に取り、ぎこちない動作で帽子を振っていた姿が親しみを与えた。帽子が一つの演出の道具にもなっていた。

昭和二十一年二月十九日の神奈川県下の昭和電工を振り出しに、二十九年の北海道まで一六五日、全コース三万三千キロ、お言葉をかけられた人は二万人だというのだ。

両者の明らかな違いは、天皇・皇后両陛下が帽子を被っていないことと、正座して被災者にお言葉をかけていることである。

思えば、私のご幼少の頃は、天子様を直接見たら目が潰れるぞと、学校のセンセや我家のお婆ちゃまに厳しく言われたものである。

だから、お車が通り過ぎるまで、頭を下げて顔は上げなかったのである。

あれから数十年、私が定年退職を迎えた会社は、大船にあったSセメントであった。

皇族方が御用邸へお出でになる時は、工場と並行して走っている線路に、お召し列車が通るのである。

近くには松竹の大船撮影所があり、ロケでよく工場を使っていた。私もエキストラで出たことがあった。小学校の学芸会で三回も主役をしたことがあるので、セリフがないですかねえと、助監督に詰め寄っても、はな笑って相手にしてくれなかった（この部分、芥川賞の西村賢太調）。俳優座養成所に進めば良かったと、その時は思ったが手遅れだった。

お召し列車が通過する二時間前に、所轄署の警官が二名きて工場の敷地や線路周辺をパトロールするのである。

工場敷地の金網から線路まで二〇メートルしかない。

ある日、今上天皇のお召し列車が通過した時、いつもは閉まっているカーテンが開いていて天皇が外をご覧になっていた。私が手を振るとこちらを向かれ、私と目と目があったのである。私の目は潰れなかった。

天皇は戦時中、学習院初等科五年生の時に、日光へ疎開された。いわば、学童集団疎開の世代であるから、この点でも親しみが湧くのであるが、昨今の被災地巡幸のテレビ画面を見て考えさせられた。

天皇・皇后両陛下が跪いて（私にはそう見えた）いるではないか。膝が痛くないのだろうか。私は天皇より四歳若いが、二、三年前から膝が痛くて正座ができない。琴のお稽古は立奏台に琴を載せて椅子に座って弾いている。温習会もそうしている。

週刊誌も報じていたが、胡座で応対したり芸人やパンダを見るように、携帯電話でカシャカシャ撮影していた十代の若者もいたという。

これが「平成の皇室のスタイル」というのだろうか。私にはいまいち、すっきりしないのである。

大学生の角帽といえば、K大の丸型とW大の座蒲団帽が双璧であるようだ。

大学生が角帽を被らなくなったのは、いつ頃からか定かではないが、角帽は被らなくても、入学時には記念として購入するのである。

だから、今でも大学付近の帽子専門店が、生き残っているのだ。

制服制帽で通学しているのは、体育会系の学生に限られているようである。

ある神奈川県下のW大学校友会の話である。設立三十周年記念式に、当初から会長であったT氏に記念品の角帽が贈られた。その時のお礼の挨拶が感動的であったので、紹介したいと思う。


私がW大学に入学したのは昭和二十五年です。当時は学生服に角帽を被って通学していました。このたび、会長退任にあたり記念品に、母校の角帽を贈って頂き、感慨を新たに致しました。角帽の想い出は、私の脳裏に焼きついて離れません。と申しますのは、今もはっきりと忘れることが出来ない日であります。それは昭和二十九年二月二十七日のことでした。その日は卒業式のあとの謝恩会があり、先生方を交えて酒を飲み、友人達と梯子酒をして、帰りの電車に乗った時は、あたりは暗くなっていました。

駅に着くと、近所の中学の友人が私を待ちかまえていました。今のように携帯電話などない時代です。二月の寒風の中、いつ帰るか分からない私を、友人は改札口で何時間も待っていたのでした。友人は私に飛びついて、S君が交通事故で死亡したことを告げました。

私は愕然とし、いっぺんに酔いが醒めてしまいました。S君とは小学校からの同級生で大学も同じW大の私は理工学部、S君は文学部でした。昭和二十九年という就職難の時代に、S君は東京・有楽町の某新聞社に就職が内定し、記者になるのだと希望に燃えていました。

私は取るものも取り敢えずS君の家に行きました。ご家族は勿論、お母さんの落胆、憔悴しきった姿は見ていられませんでした。

お母さんが涙ながらに話されるには、天国で卒業式をさせてやりたいので、角帽を納棺したいのだが、どこを探しても見つからないということでした。そこで私は、私のでよろしければ、と角帽をお渡ししました。お母さんは大変喜ばれて何遍もお礼の言葉を言って納棺されました。

先日、S君の眠る菩提寺に墓参しました。

私のさし上げた角帽を、S君が五十五年ぶりに返してくれたのだと思うと、私は胸がいっぱいになりました。この角帽は私の宝物として大切にしたいと思います。

みたび原爆は許すまじ学帽の白覆い　古沢太穂

九十六歳の著書――『茅舎に学んだ人々』――

父親が川端茅舎の弟子であったというA子さんと、ふとしたことで知り合った。

A子さんは、父が句集や評論書を上梓しようとしても、周りから圧力がかかり、上梓できなかった。その人達が泉下の人となり、当人が百歳まで生き延びたから、清々と気がねなく上梓できたというのである。

その軌跡を見ると、第一句集を上梓したのが、茅舎没後四十年で、本人は七十七歳になっていた。『茅舎覚え書』は八十四歳、第二句集が平成の時代に入って九十歳、第三句集と茅舎論は、九十六歳の時であった。

この歳でボケもせず、志をずっと持ち続けたことは敬服に値する。

日本人の寿命が延びているということなので、百歳以上の人数の変遷を調べてみた。

この中には死亡していても、届け出のない人が入っているかも知れない。

平均寿命は、平成二十一年現在、男性七九・五九歳、女性八六・四四歳となっている。

鈴々舎馬風《れいれいしやばふう》の落語「会長への道」ではないが、近頃はやたら長生きする人が多いから、なかなか会長の椅子にすわれないのである。

さて、茅舎は俳誌を持ったことがないからA子さんの父は保険会社の社内俳句会で、八年間を直弟子として指導を受けたから、先輩俳人などいない筈で、上梓できなかった理由は、別にあったのではないかとA子さんにいった。

ある有名俳人の結社に所属していたB子さんは、定年を機に句集を上梓したいと申し出たら、三年後にしてくださいといわれた。三年たったのでいかがでしょうか、ぜひ序文をとお願いしたところ、五年先までいっぱいですと体よく断られたという。序文ほしさに結社を渡り歩いた、B子さんの方に非があったようである。

序文といえば、茅舎の句集『華厳』(昭和十四年五月刊)に、高濱虚子が書いた、〝花鳥諷詠眞骨頂漢〞の八字であろう。

茅舎は「後記」に、「虚子先生から頂いた一本の棒なやうな序文」と受け流し、「再び自分に少年の日の喜びを与へて呉れる」とはいうものの、内心はいきどおりを感じていたのではないか。

しかし、「一本の棒なやうな」とは、いい表現である。後に虚子の〈去年今年貫く棒の如きもの〉という句は、これをヒントにしたのではないかと思った。

◆

去る六月十九日に、太宰治をしのぶ桜桃忌に初めて行ってみた。

十年前、高校の担任教師の葬儀が、東京・三鷹の禅林寺であったので、太宰治とついでに森鷗外の墓も確認していた。

太宰文学に憑かれていたという、元文学青年の近所に住む小学校の同級生を誘った。

太宰が玉川上水に入水し、遺体が発見された六月十九日は大雨であったというから、朝出かける時、雨が降った方が当時の気分が出るのにと思ったが、生憎の梅雨晴間であった。

JR中野駅から三鷹駅までは、特別快速に乗れば一つ目で九分で着いてしまう。

三鷹の南口商店街を流して、禅林寺に着くと、参道で日本郵便の社員が露店を出していた。見ると、八十円切手十枚一組の、太宰治の記念切手であった。三鷹市内のみの限定販売だという。

切手シートの表紙には「太宰治が生きたまち三鷹」とコピーがあったが、「太宰治が死んだまち」でもある。

太宰ゆかりの「玉川上水」や「井の頭公園」「三鷹跨線橋」「肖像」などが切手になっている。葉書や切手は頻繁に使うから、一シート購入した。

山門の前で「桜桃忌ガイドツアー」のビラを配っていた。旧居跡、入水場所、愛人・山崎富栄の下宿先など、太宰ゆかりの場所を無料で案内するというのである。

墓地に入ると、私の後ろからカランコロンと下駄の音がするので、振返って見ると、今年一月に芥川賞を受賞した西村賢太であった（と思う）。

昔、小田原駅前で、山下清画伯のそっくりさんに出会ったことがある。半ズボンに半袖シャツに下駄ばき、顔も体型もそっくりで、おまけに知的障害者なのである。ただ一つ違う所は、絵が苦手らしく画板を持っていなかったことであった。

西村賢太もどきは、髭をはやした大きめの顔、小太りの体型、手には白百合を下げていた。白いTシャツの背中は、紫色で「明治」の文字があった。明治大学のTシャツか。中卒を売物?にしているのに、このTシャツは解せない。結句、当人に聞くほかないか。

氏のエッセイを読んでも、藤澤清造、葛西善蔵、田中英光の名は出てくるが、太宰のダの字も出てこない。

しかし、過去に太宰の墓前で自殺した田中英光の研究書を刊行しているというから、太宰との接点はあったであろう。

墓地には百人近い老若男女が、黙って立ちつくしていた。それは異様な静寂に包まれていた。

墓前には溢れるばかりの花と、缶ビールやワンカップの酒、パック入りのサクランボが所狭しと供えられていた。中には外国産のサクランボもあった。

墓石の太宰治と彫り込んだ窪みに、サクランボがはめ込んであった。口の中へ無理矢理に押し込んでいるように感じた。

午後二時頃、三十代とおぼしき僧侶が来て五分程お経をあげて帰っていった。

普段は葬儀場になる講堂では、百人近い人達が集まっていた。太宰の弟子だったという老詩人の講演を静かに聞いていた。

私達は禅林寺をあとにして、三鷹駅の北口にまわった。武者小路実篤の筆による国木田独歩の「山林に自由存す」という詩碑の前にあるベンチに座った。

そして、フルーツ屋で買ったサクランボを二人で食べた。

◆

先日、自宅近くのブックオフで安い買物をした。現代風に言うと「ヤバイ」買物ということになる。

それは、阿川弘之の『志賀直哉』上下（平成六年岩波書店刊　定価上下で三千六百円）函入り、美本で二百十円の売価が付いていた。

私は信じられなかった。さらに、五十円のサービス券（千円分買うと貰える）を持っていたので、この分も引くと百六十円、なんと一冊八十円で入手したのである。

阿川弘之といえば、『山本五十六』『米内光政』『井上成美』といった海軍将官の伝記作家として定評があるが、その人の書いた『志賀直哉』が八十円とは！

その後、気にして見ていたら、神田古本まつりで六百円、高円寺の古書即売展で八百円の売価が付いていた。

『志賀直哉全集』全十六巻（岩波書店）も四千円で、一冊二百五十円である。これなど高い方で、二、三年前の「神田古本まつり」の会場で、二千円でセリ落とした人がいた。「小説の神様」といわれた志賀直哉も、これでは形無しである。これも時代の流れで仕方がないのであろうか。

二〇一二年

ある詩人の軌跡

「俳句界」の二〇一一年十一月号に「文人俳句」の第二弾として、詩人の那珂《なか》太郎の名を目にした時、私は感慨を覚えた。詩人は今年、九十歳になる筈である。

三句掲載のうち一句は、

句作とは大いなる遊びと澄雄いふ

とある。

詩人は森澄雄と敗戦直後の一年半、同じ部屋に住んでいたという。詩人は自伝を書かない主義らしいので、今まで出した四冊の随想集の中から散見する文を紡ぐほかない。

詩人は東京帝国大学国文科を、昭和十八年九月繰上げ卒業し、海軍予備学生として土浦海軍航空隊に入隊した。一般兵科を選んだが、飛行科に行った者は過半数が戦死したという。

詩人は江田島海軍兵学校最後の七十八期の国語科の教官に任命された。五カ月後敗戦となった。

復員後、都立第十高等女学校（現・豊島高校）の国語教師となった。物資不足と住宅難の時代である。詩人は海軍士官の制服のままで、作法室に同僚（後に「杉」同人のＩ氏）と住んでいた。そこへ昭和二十三年、森澄雄が社会科教師として入ってきた。当時から校内の文芸雑誌に格調高い句を載せていたという。

この時の親交から、森澄雄の句集の解説をし、「杉」との関係が深くなるのである。

詩人は五年後の昭和二十六年、昼間の時間がとれるというので、都立新宿高校定時制に移った。私は昭和二十八年同校に入学し、詩人が国語教師をしていた時の生徒である。在学中、詩人の担任のクラスに入ったことは一度もない。縁がなかったのである。

なにしろ六十年前のことだから、授業のことはすっかり忘れてしまった。私は出席日数を気にしながら、エスケープしては映画館や寄席に出没していた。

たまに授業に出ると、詩人は芭蕉と萩原朔太郎の話をしていた。知らないことは知らないと言っていたし、質問の趣旨が解らないので、答えられないと言っていたのが印象に残っている。

詩人は昭和二十五年に、旧制福岡高校の同級生だった伊達得夫が創業した「書肆ユリイカ」から、詩集『Etudes』を本名の福田正次郎で出版した。正次郎は私の父と同じなので、親近感を持った。

私はこの詩集を、ＪＲ中野駅前の「北口美観商店街」（現・中野サンモール）の「十月書房」

という古本屋の均一本から見つけた。出版してから三年経っていた。

店主は作家の野間宏の風貌にそっくりだった。店主死亡後、暫くは奥さんが店番をしていたが、いつのまにか閉店し、現在は弁当屋になっている。

あれから四十年、一九九四年（平成六年）三月、詩人は第五十回日本芸術院賞・恩賜賞を受賞した。詩人の受賞は、川路柳虹以来三十六年ぶりということで、当時は話題になった。受賞理由は、詩人としての業績ということだったが、「新潮」一九九三年十二月号に発表した「鎮魂歌」によるものである。

同じ海軍予備学生出身の海軍大尉、作家の阿川弘之が強く推したという。

「鎮魂歌」は福岡市大名町の外科病院長・鳥巣太郎の死亡記事を見たことから始まる。

氏は元九州帝国大学医学部助教授で、太平洋戦争末期に、B29の搭乗員八人を、生体のまま解剖して死に至らしめたとされる、いわゆる「九州大学医学部　生体解剖事件」に連座したということで、絞首刑の判決を受けたが、再審査請求で減刑され、出所後は外科病院を開業した。詩人は昭和十二年、十五歳の時に虫垂炎で九州帝大に入院し、その時の担当医が三十歳の鳥巣太郎であった。だから、人一倍関心と思い入れがあったのである。

巣鴨プリズンでは、A級戦犯七人のほか、BC級五十二人の絞首刑が執行された。中には、上官の命令で米軍搭乗員を処刑して、絞首刑になった七人のうち五人が、二十代の独身青年だった。

　巣鴨プリズンのあった辺りはサンシャイン60が建っている。公園の奥の植込みの前には、黒御影石の碑がある。子供達も男女の若者達も全く関心がない。立寄る人もほとんど見かけない。

「鎮魂歌」は、

「しかし、もし霊魂といふものがあるとしたら、／あの世のあなたは、きつとときどき此処に来られるのではないか、／そんなことを思ひながら、じつと私は佇んでゐました」

で終わっている。

　リズムがあり、内容も解りやすく、緊張感もあり、格調高い詩である。私は今までにない感動を覚えた。

　同級生の十数人と、詩人の恩賜賞のお祝いに、井の頭線の久我山の自宅を訪ねた。

　庭は詩人の方針なのか、やたら手を入れず自然のままにしているようである。池はモネの絵を観ているような風情であった。

　池の向こうは、作家で『チャタレイ夫人の恋人』の訳者、伊藤整の旧居である。

　応接間には、出版社からお祝いの蘭の花が届いていた。

　浩宮殿下は「新潮」を毎月購読しているらしく、「鎮魂歌」を読んだ殿下が、天皇陛下にお読みになるように、勧めたという。

我々がそろそろ辞去しようと思ったら、詩人は突然「鎮魂歌」の朗読を始めた。詩人は朗読が好きである。海軍兵学校の国語の時間に（空襲が激しくなり、防空壕の中で授業をしていた）志賀直哉の「小僧の神様」や「清兵衛と瓢箪」「城の崎にて」などを朗読した。生徒はしみじみした思いで聞いたと、海軍兵学校生の日記に書き残されている。阿川弘之のエッセイには、次のように記述されている。「教官の名前が福田正次郎中尉となっており、のちの詩人那珂太郎である」と。

ペンネームの那珂太郎は福岡生まれなので、那珂《なか》川の那珂《なか》をとったのだろうと、私は疑いもなく思い込んでいた。

最近、インターネットで調べたら「そんなことなかったろう」からきているというのだ。「そんなこと」とは、どんなことであろうか。

我々が勝手に想像してはならない。詩人に真意を聞くほかない。

しかし、命拾いしたという実感と「戦死した同世代者に対して償ひやうのない負目をおぼえざるを得なくなつた」（「私の死生観」）と記している。

ここにペンネーム由来の鍵があるのではないかと思う。

二月　ぴしり

突然氷の巨大な鏡がひび割れる　ぴしり、と　きさらぎの明けがた　何ものかの投げた礫のつけた傷？　凍湖の皮膚にはしる鎌鼬？　ぴしり——それはきびしいカ行音の寒気のなか　やがてくる季節の前ぶれの音

（那珂太郎「音の歳時記」『鎮魂歌』思想社）

空は　あんなに美しくてもよかったのだらうか

東日本大震災と原発事故が発生して、この三月で一年になる。

その間、新聞の投稿欄や総合俳句誌の特集に、又、賞の応募作品に、いわゆる震災俳句、震災短歌が多くあったという。

新春恒例の「歌会始の儀」にも、天皇皇后両陛下を始め、二、三の皇族方も震災の歌をお詠みになった。入選者の十人のうち三人が、震災を題材にしたものであった。この現象は暫く続くだろう。そして、各誌の応募作の選考に、震災俳句を採るべきか否か、選者の意見が二つに分かれていたのも、特徴的であった。

第五七回角川俳句賞は、例年だったら一位になる作品が今年はやはり震災俳句を選ぶしかないということで落ち、震災俳句が受賞作となった。他誌の賞も、震災俳句が最高点だったが、検討の結果、角川俳句賞が震災俳句になったこともあり次点となった。

角川短歌賞も「震災の歌を無視できない」といいつつ、結社に属さず、師匠にもつかず、ネット短歌に投稿する、セーラー服がよく似合う、女子高校生の可能性に賭けたのである。

こう見てくると、震災俳句、震災短歌の応募作の選考に苦慮していることが解るから、二作同時受賞にして、震災ものは記念碑的な意味で、特別賞にすればよいと思った。

震災がらみといえば、私の道楽の一つに競輪がある。一年の総決算で「KEIRINグランプリ」が、毎年十二月三十日に開催される。

昨年の開催地は神奈川県の平塚競輪場であった。車券売場の知り合いのオバチャンにも会いたいし、村井弦斎のカレーパンも久しぶりに食べてこようと、出かけたのである。

優勝賞金は一億円である。グランプリに勝ち上がってきた九人の選手のうち、五人が岩手、福島、茨城県の出身で、中部勢が三人、京都が一人という組合せであった。

前日からスポーツ新聞を参考に予想を立てた。私は、震災がらみに期待して、福島出身の東北のエース伏見俊昭選手に賭けた。彼はグランプリに過去九回出場し、二度も優勝した実績がある。

ところが、どっこい問屋は卸してくれず、結果は六着に沈んだ。ゴール寸前で二人が落車し、中部の三人組が連携して、岐阜の四十三歳の山口幸二が、二十代、三十代の選手を抑えて、史上最年長の優勝であった。

すっかり当てが外れ、競輪場を後にした私は、平塚の老舗の鰻屋で、鰻を肴に自棄酒を飲んでいたら、家に帰るのが億劫になった。

仕方なく駅前のメンバーになっているホテルに泊まった。

「新潮」二〇一二年一月号に掲載の、黒川創の「チェーホフの学校」という短篇小説を読んだ。ロシヤ人は「きのこは、あらゆるスラヴの料理の母である」というくらい、きのこが好きで一年に一人五〇キログラムを消費しているという。

ところが、チェルノブイリ原発事故以来（一九八六年四月）ベラルーシやウクライナの人々は、野菜、果物、穀類の食べ方の手引書に基づいて料理している。

そして、ベラルーシの子供達の「きのこ中心の食生活の時代」は終わった。

私が二回目のロシヤ旅行に行ったのは、チェルノブイリ原発事故の二年後、一九八八年八月であった。ウクライナのキエフに滞在した時、ホテルの食事以外に、有名レストランでとることもあった。「きのこのつぼ焼」の美味しい店があるというので行くことにした。

当時はソ連の隠蔽体質からか、放射能がどうの、土壌のセシウムがどうのとかいう報道は全くなかったように思う。

どこで採取したものかも気にせず、旨い旨いと言って食べたものであった。

今では、採取場所を限定し、放射線量も測定し、よく洗って塩水に数時間さらし、茹でる時は二％の塩水で、十五分から一時間、長く茹でると放射線量は減るという。

ところで、沼野恭子の『ロシア文学の食卓』（ＮＨＫブックス）は、ロシヤ文学に出てくる料理の話が詰まっている。残念だが「きのこのつぼ焼」は出てこないが、ロシヤ料理が食べたくなるような本である。

◆

春の地震など気取るな原発忌　山﨑十生

「原発忌」とは、三月十一日の東日本大震災のことを指している。津浪により原子炉が破損・爆発、大量の放射性物質が放出された。その前日の三月十日は東京大空襲忌である。

三年前に書いた「東京大空襲のこと」に登場した友人のS君は、昨年病死した。空襲で犠牲になった祖母と父と妹の骨を、毎年三月十日になると、下町を捜し歩いたが、もうそれもしないでよくなった。勿論、骨は出てこなかった。

昨年、ブックオフで『大空襲三一〇人詩集』（コールサック社）を見つけた。この本は、北海道から沖縄までの空襲を詠んだ三一〇人の詩が載っている（三一〇人は三月十日を意味している）。

日本本土の空襲だけでなく、ゲルニカ、重慶、ロンドンなどの空襲も含まれている。

目次をなぞりながら、S君の名前を探したがなかった。

吉原幸子の「空襲」という詩を見つけた。彼女が詩人であることは、那珂太郎のエッセイを読んで知った。女学校の時の教え子だった。

空襲

吉原幸子

人が死ぬのに
空は　あんなに美しくてもよかったのだらうか
燃えてゐた　雲までが　炎あげて
あんな大きな夕焼け　みたことはなかった
穴から匍ひだすと
耳もとを　斜めにうなった　夜の破片
のしかかり　八枚のガラス戸いっぱい
色と色との　あらそふ
反射の　ぜいたくな　幻燈《スクリーン》

赤は　黒い空から
昼の青を曝き出さうと　いどみ
紫　うまれ　緑　はしり　橙　ながれ
あらゆる色たち　ひめいをあげて入り乱れ
どこからか　さんさんと降りそそぐ　金いろの雨
浴びてゐるのは
南の街ぞらか
ガラスのなかのふしぎな世界か
立ちつくす小さなネロを　かこみ　渦巻く
音もない　暗い熱気だったか——
戦ひは
あんなに美しくてもよかったのだらうか

詩人は、三月十日の下町空襲を見ていたのではない。一九四五年五月二十五日夜の山の手大空襲に遭ったのである。

記録によると、B29が五〇二機、東京・中野、四ツ谷、牛込、赤坂、世田谷に、焼夷弾三、二五八トン、爆弾四トンを落とし罹災者は六十二万人、死者三、六五〇人であった。最初と最後の詩の一節が、ぐさりと胸にささる。

年譜を見ると、東京大学仏文科卒というから、私の最も好きな作家、車谷長吉の詩人で自慢の「嫁はん」の先輩である。

二〇〇二年十一月七十歳で死去した。詩人が美人なので、「美人薄命」とはいくつ位までをいうのか、美人の図書館司書に調べてもらったら「こんなん出てますけど」と分厚い事典を持ってきた。そこには「とかく美人は美しく生まれたために数奇な運命にもてあそばれ、幸せな人生を送れないことが多い。また、美人は生まれつき病弱のために寿命が短い」とあった。

海揺るる山揺るるなか卒業す　康吉

追悼・新藤兼人

脚本家で映画監督の新藤兼人が亡くなった（平成二十四年五月二十九日）。百歳だった。社会派監督として、常に今日的テーマを追求して、関心はあったが映画は数本しか観ていなかった。

そこで、死去の四日後、近所にあるＤＶＤのレンタル店ＴＳＵＴＡＹＡへ初めて行った。店名のＴＳＵＴＡＹＡの由来は、江戸時代に絵草紙や浮世絵版画を出版販売した蔦《つた》屋《や》重三郎《じゅうざぶろう》の蔦屋からとったのだろうと、「北斎漫画」（昭和五十六年）を観て推察したのである。

店員に聞くと、由来は知らないが昔は漢字だったと言った。

会員になるには、現住所の確認できるものを提示してくれと言う。私は外出先で急病になったり、行き倒れになったりした時の為に、常に「国民健康保険高齢受給者証」を携行している。これでいいかと問うと、一応、受け付けるが後日、住所の入った郵便物を持って来るようにと言われた。健康保険証の住所が信用できないとは意外だった。

ともあれ、代表作の載っている新聞の切抜きを見ながら、遺作となった「一枚のハガキ」（平成二十三年）や、話題になった「原爆の子」（昭和二十七年）や「裸の島」（昭和三十五年）「濹東綺譚」（平成四年）などを検索してもらったが、貸出中であったり、最初から置いていないものもあった。店員は在庫の確認にあちこち飛び回っている。

そこで、映画監督の新藤兼人が四日前に亡くなったこと、作品を一カ所に集めて、本屋のように追悼コーナーを設けたらどうか、と意見した。

翌日、行ってみると「追悼　新藤兼人さん　ご冥福をお祈りいたします」と表示されたコーナーが作られていた。

監督デビューの「愛妻物語」（昭和二十六年）だけは半年前に、新刊書店で購入してあった。シナリオライターを主人公にした、自伝的映画である。宇野重吉が新藤兼人役で、妻が乙羽信子だ。

小学校の同級生の女性から、私の顔が宇野重吉に似ている、と言われたことがあったので、よくよく見たが、どこが似ているのか自分では分からなかった。

「愛妻物語」の中で新藤兼人が、織田作之助が溝口健二監督に書き下した原作を、シナリオにするようにと依頼される場面があった。

書き上げて持っていくと、新藤兼人自身が何回も書いたり話したりしている有名な言葉である

「これはシナリオではありません、ストーリーです」と言われ、二、三回書き直しさせられる。

この原作が何であるか、十代後半の時から織田作之助に夢中になっていた私は『わが町』ではないかと推察した。さらに、知人の織田作之助研究家のS氏に考証を依頼したところ津村秀夫の『溝口健二というおのこ』の中の次の一節をコピーして送ってきた。


　彼は織田作之助に依頼して映画化すべきことを前提に、小説の執筆まで依頼した。それは「わが町」という脚本となってできたが、情報局の事前検閲で許されなかった。


『わが町』（主演・辰巳柳太郎、南田洋子）は後に昭和三十一年川島雄三監督によって映画化されている。

さらに、「佐渡島他吉の生涯」のタイトルで、森繁久彌が十八番として舞台にかけていた。その後、北大路欣也が引き継いだということである。

このように「愛妻物語」では『わが町』をシナリオ化したようになっているが、二、三の文献を見ると「オリジナルシナリオを書いて提出した」とあるから実際は『わが町』ではなかったのである。

新藤兼人が監督した映画は四十八本あるという。私はTSUTAYAの在庫を借りて、一日二本ずつ鑑賞したが、どの作品も退屈したことがない。ぐいぐい引き込まれてしまう。

映画監督の神山《こうやま》征二郎は、代表作を三本挙げるとしたら、「裸の島」「本能」（昭和四十一年）「濹東綺譚」だという。

モスクワ国際映画祭グランプリを受賞した「裸の島」は、瀬戸内海に浮かぶ宿禰島でロケをした。夫婦（殿山泰司・乙羽信子）と男の子二人の四人家族の島での生活を、セリフなしで描くので無声映画のようである。水のある島から肥桶に水をいれ、テンマ船で運び、「耕して天に至る」頂上の畑に柄杓で水を注ぐ行為を毎日繰り返す、単調な作業である。

新藤兼人は語る。

乾いた土へ水を注ぐ。たちまち土は水を吸い込む。果てしなく水を注ぐ。乾いた土とはわたしたちの心である。心に水をかけるのだ。水はわたしたちの心の水である。

（『生きているかぎり――私の履歴書』）

「裸の島」といえば、NHKの「家族に乾杯」という番組が私は好きで、毎週観ている。

この間、尾道から瀬戸内海のあたりが出てきて、土地の年輩の女性から「ここには裸の島が
あるだ」（方言なので間違っていたら、勘弁してつかあさい）と聞いた大物お笑い芸人は、何を勘違いしたのか、男女のヌーディストが生活している島を連想したのか、「行ってみたいわ、その裸の島へ」と言ったものである。

そのお笑い芸人は落語家ということだが、私は一度もその人の落語を聞いたことがない。吉永小百合と映画で共演し、なかなかいい味だしているなと好感を持っていたのだが。土地の人は「以前、『裸の島』という映画を撮った時のモデルの島がある」と一言付け加えれば、分かった筈である。

現に「裸の島」という題名を聞いて、ポルノ映画と思い、映画業者が買いにきたという。私の知人に大学在学中に、撮影所のアルバイトをしたことで映画にはまり、卒業後も某監督についたという人がいた。

その後、映画雑誌の評論部門に応募したところ、最終候補に残ったのだが、審査員の一人であった大島渚監督に、力量不足と否定され、後々まで恨んでいたものである。

一方、知人から聞いた話だが、以前、勤めていた会社の同僚に脚本家志望がいた。某雑誌に毎年、シナリオを応募していた。ある年、佳作に入った。それだけでも嬉しいのに、審査員の新藤兼人から適切なアドバイスを書いた手紙を貰ったので有頂天になった。同僚は宝もののように扱い、その手紙をコピーして見せてくれたという。

田渕久美子のように、シナリオスクールで書いたシナリオが新藤兼人に褒められたことで脚本家になったという人もいる。褒めることは大事なことである。

ある句会に行った時、「先生、特選は?」と聞いたら、「特選はありません」とキッパリ言いきったのにはびっくりした。

この先生は指導者としては失格だと思った。

この二週間、私は新藤兼人の映画三昧で過ごした。印象に残った場面は、天秤棒で肥桶を担ぐ姿であった。

新藤映画は肥桶に始まり（「裸の島」）肥桶に終わった（「一枚のハガキ」）のではないか。人の心に水をかければ、やがて黄金色に輝く麦が一面に広がるのだと言っているようだ。

もう一つ新藤映画には、出征兵士を送る時に歌うあの「露営の歌」（昭和十二年）が効果的に挿入されていることである。

この軍歌は藪内喜一郎作詞、古関裕而作曲で、日中戦争が始まった年にできた。確認の為に一番だけ引き写しておこう。

♪勝って来るぞと　勇ましく
ちかって故郷《くに》を　出たからは
手柄たてずに　死なりょうか
進軍ラッパ　聴くたびに

瞼《まぶた》に浮ぶ　旗の波

（『日本の詩情　流行歌一三〇〇曲集』阿部徳二郎・今井巌　共編）

「あの戦争を仕掛けた者たちへの、最高の復讐は、自分たちが幸せに生きることだ」と訴えているようである。

今年も敗戦記念日がやってきた。

敗 戦 日 味 噌 汁 熱 く 熱 く す る　　風間みどり

五歳児の登山靴

「三年以内に富士山が噴火する」(「週刊現代」平成二十四年八月十八・二十五日合併号)という。噴火する話は、何年も前から度々あったが、起こらなかった。

江戸時代の宝永噴火(一七〇七年)以来、三百五年も噴火していない。今度は、東日本大震災による地殻構造の変化で、噴火の可能性が高まったようである。

また「富士山火山防災対策協議会」が発足し、静岡、神奈川、山梨の三県を中心に、六月に初会合を開き、合同で二〇一四年に避難訓練をすることを決めたという。

一方、「富士山」の世界遺産登録もイコモス(国際記念物遺跡会議)の調査員が山頂に登り、来年五月頃に出す勧告を見て決定されるということである。(二〇一三年に「富士山―信仰の対象と芸術の源泉」が世界遺産に登録された)

私は富士山に登ったことはないが、富士山といえば風呂屋の浴槽の背景画を、まず思い出す。正式には浴場背景画というらしい。何故、富士山かという理由は、よく分からないようだ。とにかく、現存のペンキ絵師は一人か二人ということである。

戦争中、サイパンを飛び立ったB29は、富士山を目指して飛行した。その頂上で目的地によって隊伍を組み、東京空襲の場合は、右に九〇度旋回した。富士山が爆撃航程始点になっていた。

深田久弥は『日本百名山』（新潮社／一九六四年）の「富士山」の項で、冒頭に次のように記している。


この日本一の山について今さら何を言う必要があろう。（中略）おそらくこれほど多く語られ、歌われ、描かれた山は、世界にもないだろう。


深田久弥はこれを「偉大なる通俗」と呼んでいる。

その富士山に、五歳児の子供達が三十年前から、卒園記念に登っていると聞いて驚いた。神奈川県秦野市の丹沢山の麓にある、若木保育園である。

私が以前住んでいた家から三、四分の所にあったが、昭和五十一年に保育園が移転して来た時には、私の二人の子供は既に小学生だったので、残念だったが保育園には行っていない。

この保育園では園長を「おじちゃん」、副園長を「おばちゃん」、保育者を「おねえさん」「おにいさん」と呼ばせている。

一年中「薄着」で「裸足」、冬でも半袖・半ズボンだそうである。卒園者の言葉を借りれば、

「風変わりな保育園」なのである。

そこが気に入って入園希望者が多いのだ。

もう一つの特長は、子供の保育だけでなく、親を教育していることであろう。保育園では裁かない保育をしているので、家庭においても裁かないように、親も指導しているところが凄いのである。

二歳児になると、登山靴を履かせるが、これには条件があって、布製で、底に厚みがあり、しっかりしていて、紐で結ぶもの、マジックテープ式やキャラクター製品は不可となっている。

富士登山は六年間の総決算であるから、毎日の散歩の延長として、年齢別に月一回の遠出が計画されている。五歳児になると、二泊三日の合宿もある。

今まで、天候不順により途中で引き返したこともあったらしいが、事故もなく実行できたのも、ベテランの保育者はもとより、父兄や卒園者のボランティア達の、サポートがあったからである。

「あなたにとって富士登山は役立っているか」（平成八年のアンケート調査）という質問に対しての回答を二、三拾ってみた。

＊何事にもめげない勇気をもらったと思う。（女子　十九歳）
＊精神的な面で自分に何をやるにも自信がついた。（男子　高校二年）

＊苦しいことでも最後までやってのけることに役立っていると思う。（女子　中学一年）
＊保育園って自然がいっぱいで生き生きしていて、毎日が冒険だったよ。でも、ぼくの学校の友だちは誰もそのことをしらないんだよ。（男子　小学五年）

この子供達は、夏休みや正月に園長夫妻を訪ね、近況報告にやって来る。昨今「いじめ」の問題が叫ばれているが、保育者が愛情を持ち、体を張って保育している姿に頭が下がる。ここを出た子供達は、人をいじめないいし、いじめにも遭わないだろう。

「愛されなければ　愛せない」　金子義男（若木保育園園長）

◆

原発反対のデモが、首相官邸や国会議事堂を取り囲んだ写真を見ると、六〇年安保闘争の渦中にあった世代は、当時を思い出すであろう。

国会デモで亡くなった東大生・樺美智子を追悼する俳句や短歌が、毎年六月になると各紙の投稿欄に掲載されたものだった。

ところが、ここ数年、樺美智子の名も聞かれなくなり、忘れられたかと思ったが、昨年あたりから、投稿欄に名を見るようになった。

えごの花わが青春の樺の死　（平塚市）日下光代・朝日俳壇二〇一一年六月二十日

一方、単行本では一昨年（二〇一〇年）にノンフィクション作家の江刺昭子が『樺美智子　聖少女伝説』（文藝春秋）を出版した。

昨年（二〇一一年）は、東村山市の元ラーメン店店主が、絶版で入手困難だった樺美智子の遺稿集『人しれず微笑まん』を復刻出版した。

そういえば樺さん逝きて半世紀われいま原発デモの中にあり　（ふじみ野市）小木曽友・東京歌壇二〇一二年八月十九日

安保闘争デモに反原発デモを重ねているように私には思えた。

「じゃあおれはもう死んじゃうよ」

東京下町散歩と称し同好の士、数人で歩いている。先日は向島、寺島町界隈を歩いた。まず、向島百花園に寄った。

園内は中高年の男女で混雑し、ベンチは座る余地もなかった。

俳句をひねっている人、絵筆を握っている人、カメラのシャッターを押している人、それぞれ秋の一日を楽しんでいた。

白萩や紅萩のトンネルを、人に押されながら潜った。秋の草花の揺れる様を見ていると、ビルの谷間から来て、ここが東京であることを暫し忘れた。日取りによって新内流しや、茶会、月見の会、箏の演奏などがあり、もう一度来たいと思った。

今日の散歩コースに、幸田露伴の文学碑も入っていた。清貧を貫いた晩年の露伴の生き方に関心を持っていたので、探し当てた時は嬉しかった。娘の幸田文が四歳の時に、引越してきたという。跡地の百七十坪の敷地は、地主の要望で公園にするようにと、墨田区に寄付したのである。

文豪を偲び、露伴児童遊園と名付けられた。文学碑には、露伴の作品から「運命」の冒頭の一節を引用し、平成二年に建立された。露伴は自分の住処を「蝸牛庵」と称したが、

「蝸牛庵というのはね、あれは家がないということさ。身一つでどこへでも行ってしまうということだ。昔も蝸牛庵、今もますます蝸牛庵だ。」

（小林勇『蝸牛庵訪問記』）

と語っている。

それで、文学碑の前に蝸牛の彫刻が二つ置かれているのであった。

露伴は昭和二十二年七月に死去した。露伴の臨終を文は次のように書いている。

手の平と一緒にうなずいて、「じゃあおれはもう死んじゃうよ」と何の表情もない、穏かな目であった。私にも特別な感動も涙も無かった。別れだと知った。「はい」と一ト言。別れすらが終ったのであった。

（「終焉」）

文の「終焉」記には、空襲の時、露伴は逃げなかったとも書いている。私の祖父も同じで、防空壕に入るのを嫌い、どうせ死ぬなら畳の上で死にたいと言っていたことを、ふと思い出した。

露伴は、金は残さなかったが、幸田文、青木玉と二代目、三代目を残した。

露伴児童遊園から百二、三十メートル先に、鳩の街通り商店街の入口があった。吉行淳之介の小説『原色の街』は、ここがモデルだということである。

◆

先日、新聞に小さなスペースだったが、気になる記事が載っていた。それは、「財団法人日本傷痍軍人会（日傷）が、会員数の減少と高齢化で来年十一月に解散する」という記事であった。

傷痍軍人とは「日中戦争や太平洋戦争などで負傷した元軍人」のことをいうのである。三國一朗の『戦中用語集』（岩波新書）に載っていないのは解せない。

戦時中、傷痍軍人は手厚く保護されていたが、敗戦後、占領軍により軍人恩給や、その他の援護が廃止された。生活に困った傷痍軍人達は、街頭に立って募金活動をするほかなかったのである。

白衣を着て戦闘帽を被り、二、三人のグループでハーモニカ、ギター、アコーディオン等で軍歌を奏でていた。

私が特に記憶に残っているのは、電車内での募金活動である。例えば山手線の場合、新宿から最後尾の車両に乗車する。発車するやいなや演説を始めるのである。

「我々はお国のために戦い、戦傷病者となった。働こうにもこの体では、働くこともできない。だいいち働く職場がない。恥を忍んで募金活動をしているわけである。どうか、皆様のご理解をお願いする次第であります」といった主旨のことを語ると、段ボールで作った募金箱を持って、電車が次の駅に着く頃一番前のドアにくるように歩幅を調整する。

ベテランになると、電車がホームに停止して、ドアが開くと同時に下車して行く。そしてまた次の車両に移るのだ。車内募金もラッシュでは動けないし、空いていては効果がないし、丁度よい時間帯を選ぶのが難しいのである。

軍人恩給が復活したのは、昭和二十八年八月であったが、それでも街頭や車内での白衣募金者は絶えなかった。しかも、ニセの傷痍軍人まで現れて社会問題となり、日本傷痍軍人会では実態調査をすることになった。

昭和二十八年十月二十二日と二十三日に全国一斉に実施した。五四二人に面接し、そのうち三八七人が回答した。そのうち、主なものを拾い出すと——
＊障害の種類は、肢体不自由が最も多く三一〇名、次に視覚障害で二六名となっている。
＊募金の場所は街頭が一位で、次に電車内である。

＊住居状況では、半数の人が借間か借家で、中には病院という人が六三名もいた。
＊募金活動を初めて一年から四年の人が約八割で、一ヶ月の募金従事日数が十日から二十日という人が、ぜんたいの七割を占めていた。

（「日傷月刊」第10号　昭和二十九年二月二十日）


そして、白衣募金絶滅運動が全国的に拡がった。

広島県の傷痍軍人会では、「白衣募金者はまじめに働く傷痍軍人の恥だ」とか「白衣募金者は傷痍軍人会の会員ではありません」などと書いた、プラカードも出現した。

ニセ物（ニセ者）はいつの時代にもあるもので、最近は僧侶のニセ者が話題になった。僧侶の恰好をして、街頭に立ったり、門付けするものである。私の友人で毎月、縁日に行って門前に立つ僧侶に拝んで貰っていたが、それはニセ者だったらしい。

某テレビ局が巣鴨のとげぬき地蔵を中心に取材して、ニセ僧侶の特集を組んでいた。

スタッフが五十代の女性に、どう思いますかとマイクを向けた。すると、女性はすかさず「本物だろうとニセ者だろうと、どっちだっていいじゃありませんか。ワタシの幸せを祈って下さり、私や皆さんの代わりになって、世界平和を祈って下さるのですから、私がいくらだそうが、私の自由じゃありませんか？　それとも、平和を祈るのに資格でもいるんですか」と言った。

戦傷病者とその家族の労苦を伝える為の、国立の施設が東京・九段下にある。それは「しょうけい館」（戦傷病者史料館）という。「しょうけい」とは受け継ぎ、語り継ぐという意味の「承継」から取ったという。

ここでは常設展示と企画展示の二種類ある。以前、漫画家の「水木しげるの人生」という企画展があった。水木しげるはラバウルで左腕を失った傷痍軍人である。義手を展示会に提供したことが印象に残っている。

ところで、二年前に発表された若松孝二監督の「キャタピラー」は、反戦映画の一つとして記憶に新しい。戦場で、両手両足を失い達磨のような姿になり、顔面の火傷はケロイド状となり、口が利けない状態で「軍神」となって帰郷した夫との日々の生活を描いたものである。

といっても、性の問題もからんでいるので詳細はひかえる。

傷痍軍人といっても、古くさい昔の話ではなく、今日的問題を含んでいる、新しいテーマだと思った。

鶏頭を三尺離れもの思ふ　細見綾子

二〇一三年

「花のいのちはみじかくて……」

森光子が亡くなった（平成二十四年十一月十日）。九十二歳だった。新聞発表は十一月十五日と遅かった。その後の三日間は、NHKを始めほとんどの民放が、「追悼特別番組」を放映した。「放浪記」の二〇一七回上演の林芙美子役を中心にしていた。僕は追悼番組の全てを観たが、その中で森光子が言った川柳もどきの次の言葉が記憶に残った。「あいつより　うまいはずだがなぜ売れぬ」である。

僕の住む町にも、二百人近いお笑い芸人がいるらしい。散歩途中に着物姿の落語家の卵のような人とすれちがうことがある。お笑い専門の養成所もあって、生徒が多すぎて二部授業をしているようである。

森光子が、いみじくも発した言葉は、何も芝居の世界だけではない。どんな世界にもあることは皆さんご存じである。

誰かが見ている、聴いている、読んでいるのだから、常に一心になって手を抜かないで続けることであろう。

森光子＝林芙美子と重ねて見ていたので、急に「林芙美子記念館」へ行ってみたくなった。自宅から自転車で五、六分の所にある。記念館の先に友人宅があり、その前はよく通るのだが、入館したのはこれで三回目である。

今回は中年女性のボランティアガイドをお願いした。ガイドから聞いた話で初耳だったのは、戦時中、庭に爆弾が落ちて竹藪が崩れたことと、森光子がこの記念館を訪れたことであった。

僕が来たのは、午後一番の時間だったが、これを皮切りに、二人連れから三、四人の女性グループが入ってきた。

この人達も、僕と同じようにテレビの追悼番組を見た影響ではないかと思った。

僕は一通り見学して、受付で売っている小冊子を求め、ついでに芙美子の墓にも行ってみることにした。記念館から墓地まで自転車で五、六分の距離である。

墓地のある萬昌院功運寺には、境内に幼稚園があり、園児が遊んでいるから、防犯のために山門を閉め、受付で名前と入門時刻をサインしないと入れてくれない。

受付簿を見ると、ＮＨＫのカルチャー教室のグループ二十数名が帰ったところである。

僕は先に「吉良上野介の墓」に行った。左右の花筒に新しい仏花が生けられていた。

さきほどのカルチャー教室の、おそらく「史蹟めぐり」といったグループが献花したのではないかと思った。

次に芙美子の墓前に立った。供花はなく風に吹かれて、桜の落葉が踊り、古い卒塔婆がカタカタと鳴っていた。

僕は花を持って来なかったことを悔やんだ。でも、ここへくる道、花屋さんは一軒もなかったことに気がついた。

僕の菩提寺の施餓鬼会は、高齢者の体を気遣い、真夏を避けて五月に実施している。数年前より、法要の前に琴の演奏があるので、毎年、楽しみにしている。昨年は篳篥《ひちりき》との合奏で面白かった。

この二人の演奏者は、NHK大河ドラマの「平清盛」の音楽担当をしているようだ。

僕は琴の女性師匠に、三年前から入門を打診しているのだが、いつも体よく断られている。芸大邦楽科を出た妹さんにも、どうでしょう弟子にして下さい、と聞いてみても、姉さんが嫌なら、わたしも嫌ですと言われてしまい、まるで落語の「千早振る」ではないが、僕は元大関竜田川の心境である。

演奏後に、大僧正であるK老師の法話があった。

――我々が今ここにいるということは、何人の先祖がかかわっているだろうか。我々は両親から生まれた。その父と母にもそれぞれ両親がいる。それを数えて十代前迄遡ると二千百人になる、二十代前だと二百万人、三十代前だと二十一億人になるという。――

これを聞いて僕は、町で見かける「人類みな兄弟」という標語は、ここから来ているのだと思った。

次に、

花のいのちは
みじかくて
苦しきことのみ
多かりき

という林芙美子の詩を取り上げた。

――こういうことを、どこかのオバさんがいったものだから、我々の説法がやりにくくなった。――

と言うものだから、芙美子を侮辱し、否定するような言動と僕には取れた。

「花のいのちは……」が気になったので、図書館へ行った。すると、二〇〇九年九月六日の中国新聞に、『赤毛のアン』の訳者村岡花子の書斎から、芙美子の未発表の詩が発見されたという記事があることが分かった。お孫さんが書斎を整理していて見つけたようだ。

芙美子から贈られた詩が、「花のいのち」の原典ではないかというので、全文を引き写してみよう。

風も吹くなり
雲も光るなり
生きてゐる幸福《しあわせ》は
波間の鷗のごとく
縹渺《ひょうびょう》とたゞよひ
生きてゐる幸福《こうふく》は
あなたも知つてゐる
私もよく知つてゐる
花のいのちはみじかくて
苦しきことのみ多かれど
風も吹くなり
雲も光るなり

林芙美子

冒頭の二行が、最後にリフレインすることによって、未来への希望につながっていくようである。それは芙美子の楽天性にあるのかも知れない。

芙美子と村岡花子の接点は、いつ頃からだろうか。芙美子が詩や童話を書いていた昭和初年か、二人が入会した「女流文学者会」が発足した昭和十年代か、いずれにしろ興味深いものがある。

K老師の法話を五月に拝聴してから、胸のつかえが取れなかった。老師との面会の機会を窺っていたところ、森光子の死によって、背中を押されたのである。

聞くところによると老師は、東北帝国大学の出身で、かつてニューデリーの大学でインド哲学を講義したという学者肌の人だという。

僕は、毎朝近所の公園でやっているラジオ体操の帰りに、老師の寺へ寄った。老師は庭を掃いていた。訪問の意図を話すと、応接間に通してくれた。

——あなたの菩提寺のT住職は、勉強家で実行力がある。わたしの孫を修行に預けてある。林芙美子の「花のいのち」のことね、あれは否定ではなく、絶賛しているのです。あの名言を吐かれては、わたしの説法など影が薄くなってしまい、立つ瀬がない。

「苦しきことのみ多かりき」のあとに二行ある？　「風も吹くなり　雲も光るなり」……ねえやっぱり。——

もっと気のきいたことを話されたと思うが、僕にはそれを表現する力がない。

とにかく、僕は逆の解釈をしていた自分を恥ずかしく思った。

晴天と書きしばかりや初日記　中村苑子

神保町古書街とセンター試験

神田神保町の古書街へ行く時は、地下鉄東西線の九段下駅で下車する。そして、靖国通りを専修大学前、神保町、駿河台下と古書店を巡るのが、僕のいつものコースである。

神保町交差点寄りに、岩波ブックセンター信山社という、岩波書店の発行の本を中心に扱っている店がある。

神保町へ来れば必ず寄るのだが、よく有名人を見かけることがある。この間は、結社の事務所がこの近くにあるらしい俳人が来ていて、先方は僕の顔など知るわけがないから、黙礼はしておいた。

元東京大学総長、文部大臣にして文化勲章受章者といった、あとは俳壇の天皇になるほかないだろうと思われる人物であった。

この書店の出版や古本に関する類書が詰まっているコーナーの前に立つと、五年前に刊行した僕の著書である『古本茶話』をそっと置いて逃げたい気持になるのである。

これは万引きの反対である。「万引き」とは、広辞苑によると「買物をするふりをして、店頭の商品をかすめとること」とある。

この場合は、書棚に置いてくるのだから、「万置き」とでも言うのだろうか。置くと言えば、「えたいの知れない不吉な塊が私の心を始終圧へつけてゐた」で始まる、梶井基次郎の『檸檬』を思い出す。主人公が八百屋で買った一個のレモンを持って、丸善の画集売り場に行く。

パラパラ画集をめくって、書棚に戻さないで積み重ねて置く（こういう客が一番困るのである）。それから主人公は、画集の上にレモンを爆弾に見立てて置いて逃げて来るのである。そして「十分後にはあの丸善が美術の棚を中心として大爆発をするのだつたらどんなに面白いだらう」などと言っている。

『檸檬』を引いたついでに『交尾』にも言及してみよう。

僕は学生時代、友人三人とテントをかついで、伊豆半島を一周したことがある。その風景が忘れられず、新婚旅行は伊豆の湯ヶ島温泉にしたのである。

梶井基次郎は昭和二年一月一日に、川端康成の紹介で湯ヶ島の湯川屋に投宿している。大阪を行ったり来たりしていたが、約一年半湯川屋に滞在していたという。

『交尾』の「その一」は白猫の、「その二」は河鹿の交尾が書かれていて、湯川屋にいた時は、もっぱら河鹿を観察していたようだ。

僕が新婚旅行で湯川屋に初夜を迎えたのは昭和四十二年四月十六日であった。

その時は、梶井基次郎が四十年前に泊まっていたとは知らなかったし、まだ湯川屋の前に文学碑や檸檬塚もなかった。ロビーにも短冊や色紙など一枚も掛かっていなかった。

何分、四十五、六年前のことなので、記憶が薄れているが、湯川屋は木造三階建てで、道路から入った玄関が三階にあたり、狭い階段を川底へ下りていくような感じで、一階の薄暗い部屋に案内されたことを覚えている。

瀬音が終日聞こえた。新妻は神奈川県の丹沢山麓に生まれた山ガールだったから「美しい声で鳴いているのが河鹿のオスですワ」と言った。「それから彼らは交尾した。爽やかな清流のなかで。――」(『交尾』)

さて、今、神保町でわくわくするほど一番楽しいと感じる古書店はどこか、と聞かれたら僕は一誠堂の二、三軒先の「澤口書店」(巌松堂ビル店)だと答えるだろう。

「澤口書店」の二階は百円、二百円、三百円、五百円の本があり、店頭の棚にも時々掘出し物が見つかるので、素通りはできない。

この間「痕跡本」に分類される本を手に入れた。「痕跡本」とは、本文の部分に線引きがされていたり、感想などの書き込みがあったり、手紙、メモ、レシートなどが挟み込まれている本を言うようだ。
巖谷大四の『瓦板　昭和文壇史』（時事通信社）の中に挟まっていたのが、広島銀行のキャッシュサービスの利用明細票と、広島にしき堂の銘菓「安芸守」の栞だった。

これらから推理すると、この人は平成十五年八月十九日に広島銀行のある支店で五万円を引き出している。残高は一三七万余円である。この普通預金の残高が、多いのか少ないのか、個人差があるだろうから、僕には分からない。

そして、銘菓の栞が残っているということは、手土産として買ったのではなく、自分で食べたのであろう。

僕は二十代後半に、饅頭製造機メーカーに勤めていた。「饅頭恐い」と言わなくても、試作機で作られた饅頭が山とあるから、それを食べすぎて虫歯となり、今では総入れ歯となったが、この銘菓「安芸守」は味見してないから、広島に行ったら買おうと思っている。

それにしても、二十五年前に発行された本が、十年前に広島近辺で買われ、どのようなルートで神保町に流れ着いたのであろうか。

さて、ランチタイムがまた楽しみである。

自宅から十一時頃に神保町に着くようにして、一時間から一時間半、古書街を流してから昼食にする。

僕がよく行く店は、牛丼の吉野家、中華の揚子江菜館、カレーのボンディ、ナポリタンのラドリオ、うなぎのかねいちである。時にはコンビニで缶ビールとおにぎりを買い、路地裏に座り込んで食べることがある。こういう時の食後の珈琲は豪華版にするため、山の上ホテルのコーヒーパーラーへ行くのである。僕はいつも正面玄関から入らず裏口から入る。

夏目漱石が学んだ旧錦華小の猿楽通りに建つ「吾輩は猫である　名前はまだ無い」碑を右折して、坂を登るとパーラーの裏口に突き当たる。

厨房を通る時「こんにちは！」と声をかけると、ニッコリして返事をくれる。

ここのホテルの従業員の躾のよさには、感心している。パーラーのウエイトレスの機敏な姿と、気配りを目にすると嬉しくなる。

帰りはホテルの正面玄関から、昨日泊まったような顔をして出ていく。玄関に立つボイ﹅ス﹅に「ご苦労様」と労いの言葉をかけて、僕は、最寄りの御茶ノ水駅からＪＲ中央線に乗車し、ご帰館となる。

◆

今年の大学入試センター試験の国語の問題は、第一問が小林秀雄の「鐔《つば》」という随筆、第二問が牧野信一の『地球儀』という小説から出題された。

一月二十日の新聞に問題が発表されたので数年ぶりに挑戦してみた。特に牧野信一は小田原出身であり、僕も小田原の書店に勤務し文学碑建立に立ち会って関心が深かった。

ところが、一、二問共、五十点満点で半分もとれなかったので、悄気てしまった。

このことは誰にも言えず、ショックは大きかった。

その後、センター試験の結果が発表され、国語の平均点が過去最低で、その原因が久々の小林秀雄の登場ではないかと言うのだ。

そして、二月十三日、東京新聞の「本音のコラム」に、『文章読本さん江』で第一回小林秀雄賞を受賞された文芸評論家の斎藤美奈子が告白していた。

難しかったのは、小林秀雄よりも牧野信一の方だと言うのである。自分も『地球儀』の読解問題に挑んだが「あきれたことに四問全部間違えた」と、正直に答えていて好感が持てた。僕と同じだったのでホッとした。

小田原出身の作家といえば、北村透谷、福田正夫、牧野信一、尾崎一雄、川崎長太郎、北原武夫などが挙げられる。

それが入試センター試験の問題となったと地元の新聞も歓喜して取り上げていた。

かつて、僕もこの新聞に月一回の書評と、年に一回ほど文芸欄に随筆を書いていた。

小説に出てくる「小田原」に注釈がついている。「現在の神奈川県小田原市」とある。国語の受験者数は五十一万六千人という。

多くの人が、「小田原」という地名を知ったことにはなるが、果たして何人が好印象を持ったかは疑問である。問題ができなかった受験生にとっては、「この小田原め！」と苦い印象を持ったかも知れない。

桜の樹の下には屍体が埋まつてゐる！　梶井基次郎

軽井沢逍遥

僕のご学友が、軽井沢でペンションを始めると言い出したのは、三十年前であった。

資金が一億数千万円と聞き、それだけあったら僕なら毎日遊んで暮らすけどと、暗に止めるよう説得したが、本人は会社勤めの傍ら新橋のさる料亭に頼み込んで板場の修業をし、調理師免許も取得して、やる気満々であった。

オープンしてから七年目の平成二年が、軽井沢ブームも頂点だった。「もし、もし」と言う客の電話の声を聞いただけで、その人の人格、生い立ち、家庭環境、勤めている会社内の様子などがおぼろげながら、分かるまでになっていた。

やがて、客が多いと食事の準備で、家中がヒステリー状態となり、本人の体力も衰え、次第に苦痛になってきた。

ペンション経営は十二年で廃業し、土産物専門店に転業した。現在は旧軽井沢銀座通りの入口付近に店を構えている。

この間、久しぶりに堀辰雄の『風立ちぬ』の気分を味わいたく、軽井沢へ行くのだが、会わないかと電話したところ、現在、満身創痍で百メートルも歩けない、家の中を歩くのが精一杯で、外出というと病院ぐらいしかなく、タクシーで通っているという。

あわよくば、ご学友の運転で軽井沢を隅から隅まで回ってもらおうと思っていたが、当てが外れてしまった。

それと、最近は自分の病身のやつれた姿を曝したくないので、古い友人や知人に会うことを極力避けている、暗に会いたくない、と俳優の鶴田浩二みたいなことを言うのである。

ご学友は僕と同じ今年七十五歳になったばかりなのに、個人差はあるとは言え、その変わりようには驚いた。

今回の僕の目的は、沓掛宿（中軽井沢）、追分宿、軽井沢宿を日帰りで回り、「沓掛時次郎の碑」と「堀辰雄文学記念館」に古書店の「追分コロニー」、そして「室生犀星記念館」は外さないことであった。

義理と人情が気薄になっている今だからこそ、軽井沢の第一歩を「沓掛時次郎の碑」と対面したいのである。

まず、長谷川伸の戯曲『沓掛時次郎』を読み返し、ＴＳＵＴＡＹＡで「沓掛時次郎・遊侠一匹」（東映／昭和四十一年）のＤＶＤを借りて観た。

「沓掛時次郎」の初演は、昭和三年十二月に帝劇で時次郎を澤田正二郎が演じた。映画化は今まで八本あるが、中でも加藤泰監督のものが評判がよく、時次郎を初代中村錦之助、おきぬを池内淳子が演じている。

さらに、原作にはないが、時次郎から「身延へ帰って百姓をしろ」と説得されても聞き入れず、結局は出入りで惨殺される「身延の朝吉」役を「男はつらいよ」の渥美清が演じていて面白かった。

原作では「おきぬ」はお産で命を落とすのだが、映画では労咳（肺結核）で死ぬのである。時次郎はおきぬの亭主に向かって、次のように自己紹介をする。


あっしは旅にんでござんす。一宿一飯の恩があるので、怨みつらみもねえお前さんに敵対する、信州沓掛の時次郎という下らねえ者でござんす。


その沓掛も、昭和三十一年四月に沓掛駅が中軽井沢駅と改名され、地名も昭和三十五年三月に中軽井沢となった。

しなの鉄道の中軽井沢駅に降りてびっくりした。今年四月に改装になった駅の一階は、広々とした図書館になっていた。

駅近くのレンタサイクル店で自転車を借りて、時次郎の碑がある長倉神社へ向かった。

境内に入ってきた鳶か大工らしき職人風の男に、碑の場所を聞いてみたが、知らなかった。四十前後の女性に聞いたら、碑の見える場所まで先導して「あれです」と指した。

その碑は社務所の裏手の子供広場に隣接した浅間山を背にしていた。台座にのった自然石の玉子形の碑は三メートルの高さで、手を加えず、その辺に転がっている石を積んだといった、荒々しい素朴な印象を受けた。碑文が二段組になっているのも珍しい。昭和二十八年五月に、沓掛商工会が中心となって建立したそうだ。長谷川伸の書でこうある。

千両万両枉《ま》げない意地も、
　人情搦めば弱くなる
浅間三筋の煙りの下で　男　沓掛時次郎

この碑文は、長谷川伸が日活映画の「沓掛時次郎」の主題歌に作詞した「沓掛小唄」（昭和四年）の五番目の歌詞である。奥山貞吉作曲、川崎豊と曾我直子が唄った。

その後、昭和三十六年に橋幸夫が唄った「沓掛時次郎」は、佐伯孝夫作詞、吉田正作曲で、一番目の歌詞は次のようになっている。

すねてなったか　性分なのか
旅から旅へと　渡り鳥
浅間三筋の　煙の下にゃ
生れ故郷も　あるっていうに
男　沓掛時次郎

長倉神社の近くに、軽井沢町役場があったので、「広報かるいざわ」を始め資料をもらってきた。その資料を分析すると、軽井沢ブームの頂点であった平成二年には、人口一万六千人だったのが去年（平成二十四年）は二万人近くになった。一方、年間観光客が八百五十万人だったのが、六十八万人も減っている。旅館、民宿、ペンションの廃業が増加した反面、別荘が三千五百棟増えた（比較はすべて平成二年と平成二十四年）。

◆

作家・中野重治に『沓掛筆記』（河出書房新社）という雑文集がある。沓掛（中軽井沢）に関する文章があるかと思っていたら、沓掛のことには一行も触れてないので、がっかりした。

氏は沓掛に別荘をお持ちのようである。『沓掛筆記』の「著者まえ書き」を読むと、東京の（家）で書いたものもいくつかあるが、ほとんどは沓掛の（別荘）で書いた、という。さらに「沓掛の名が、このごろ中軽井沢だの中軽だのと呼ばれるようになって私は残念に思っている」とは僕も同じ意見であるからいいとして、驚いたことは沓掛時次郎が架空の人物で、長谷川伸の「芝居」であることも知らないことであった。思わず「本当かな」と呟いたものであった。

さて、中軽井沢のレンタサイクル店へ自転車を返却した僕は、しなの鉄道で四分先の信濃追分駅で下車した。昔は上野から汽車で四時間かかったというが、今では長野新幹線で、東京から軽井沢まで最短で約七十分である。新宿からロマンスカーで小田原まで行くより早いのである。

信濃追分にはレンタル自転車はない。堀辰雄や立原道造が泊まっていた、旧中山道の油屋《あぶらや》旅館や堀辰雄文学記念館までは、徒歩で二十分、これは昔も今も変わらない。

最近は僕も歩くのがしんどいので、車で五分というのでタクシーにした。丁度、駅前にタクシーが一台止まっていた。運転手は地元生まれで初老の話し好きの人だった。

帰りの交通機関を聞いたら、「循環バスが走っているけど、本数が少ない、土地の人は一時間は十分の感覚だから苦にしないが、一時間、二時間待つのが嫌だったら、ここへ電話して」と名刺をくれた。

タクシーを「堀辰雄文学記念館」前で降りた。数年振りの再訪である。入口の山門や別棟の展示室と、庭に建つ文学碑に記憶がないので、後から建てられたのであろう。

なにしろ、僕がご学友に案内されて、追分の堀辰雄夫人の堀多恵さん（ペンネームは多恵子）と面会したのは、「文学記念館」がオープンしてすぐの時であった。


多恵夫人は、ご学友のペンションによく食事しに見えていたらしい。軽井沢で夏をすごす作家、画家、書家、陶芸家などのゲイジュツ家や医者、弁護士、学者などが常連となり親しくなることもペンション経営のいい点である。

多恵夫人と何を話したか忘れてしまったが、僕の質問に気分をわるくされ、僕は出入り禁止になってしまったことは事実であった。

昭和十三年は、堀辰雄にとって多忙な年であった。年譜を見ると、

三月　『風立ちぬ』完成。
四月　室生犀星夫妻の媒酌で、加藤多恵と結婚。
十二月　養父上條松吉死去。

とある。

僕が生まれたのは、昭和十三年二月である。多恵夫人に「僕の生まれた年に結婚されたのです

ね」と感慨を持って質問したのが始まりだったと思う。その後のやりとりに「失言」があったらしい。

クリスチャンの多恵夫人を激怒させたのは、何だったのだろうか。未だに分からない。

多恵夫人は三年前（平成二十二年四月）肺炎のため九十六歳で亡くなった。

以前は、堀辰雄文学記念館の周りには何もなかったが、今回行ってみて、旧中山道沿いに、古本屋から蕎麦処まであるのには驚いた。

僕が一番興味を持ったのは、古書店の「追分コロニー」である。紫の布地に「ふるほん」と白抜きをした暖簾が下がっている。

入口には「本好きの方はお入り下さい」と小さな立て看板が置いてある。履物は脱いで上がる。下駄箱も用意されている。

本棚は店主の趣向によって、収集、分類されており、見ていて楽しい棚である。値段は絶版文庫を含めて、神田神保町の古書店を手本としているように感じた。

しかし、ここでは一冊も購入しなかった。たまたま僕の収集分野の本がなかったからにすぎない。

その代わり、DVDでロシヤの文豪チェーホフの「小犬をつれた貴婦人」（神西清《じんざいきよし》訳では『犬を連れた奥さん』岩波文庫）を三百円で求めた。

これは、チェーホフ生誕百年記念で、一九五九年にソ連で製作されたものである。

古書店の「追分コロニー」とはいい店名である。店主に聞いたわけではないが、店名の由来は多分、立原道造の東京帝国大学工学部建築学科の卒業設計「浅間山麓に位する芸術家コロニイの建築群」から取ったのだろう。

蕎麦処で、信州の地酒「あさまおろし」を飲みながら、つけとろを啜り、「追分コロニー」でコーヒーを飲んだ。両方共旨かったので嬉しかった。

バス停の時刻表を見ると、次のバスが来るのは一時間四十分後の午後四時半である。それまで待てないので、タクシーを呼んだ。

運転手に、蕎麦が旨かったことを言ったら、「蕎麦は自分で打つから、金を出して食べたことがないよ」と言われた。

信濃追分から軽井沢へ戻り、駅前で自転車を借りた。

軽井沢には、句碑が多数あるだろうと思って調べてみたが、七基しかなかった。そのうち二基が芭蕉のものだった。設置場所は神社や寺の境内が多く、鹿島卯女《かじまうめ》や吉屋信子は自分ちの別荘の庭に建てられている。不思議なことは、句碑に夏の句が一句もないことである。それはそれとして、まずは「室生犀星記念館」へ行くことにした。旧軽井沢通りに入ると、中国人のグループが、大きな声で話しながら歩いていた。

道を間違えたらしく「犀星記念館」は見当たらない。丁度、前方からスカーフをした「犬を連れた奥さん」が歩いてきた。

チェーホフの小説では、小柄なブロンドの婦人で、ベレー帽をかぶって白いスピッツ犬を連れていたが、軽井沢の婦人はスカーフに茶色の毛で悲しい目をした、見るからに高そうな小犬を連れていた。

婦人は歳の頃なら三十四、五、目尻に皺があるところを見ると三十七、八か。

「お散歩ですか」と声をかければ、神西清の訳調で言えば「お買物ですの」と答えるであろう。「ご一緒してよろしいですか」と言おうとしたが、自転車が邪魔だし、買物の代金を払わせられたら困るし、犬をほめるか……こんなことを妄想しながら、婦人のスカーフ姿を見たら、誰かの書いた「シベリヤ抑留記」を思い出したのである。

――ロシヤマダムから、じゃがいもを貰ったお礼に何かを渡したいが、何もない。仕方なくなけなしのフンドシをあげたら、翌日、それを頭にかぶって現れたというのである。

婦人に「犀星記念館」への道を尋ねたら、「この先の小川に沿って左折した所ですわ」と教えてくれた。

「犀星記念館」は犀星の別荘で、木造平屋の母家と離れの二棟あり、お客は離れに泊めた。立原道造も勤務先の女性事務員と、休んだことがある。

旧軽井沢通りの商店街に近いから、買物に便利だし閑静でもある。

そこから、最後に外人墓地を探しに雲場池《くもば》に寄った。

長野県戸倉町出身の友人M・Y君の著書『軽井沢物語』（講談社）によれば、軽井沢が「高級リゾートになりえたか。そのグレードの高さをどうやって保ったのか」その鍵は外人墓地に眠る人達にある、というので「十字架やロシヤ正教の墓にロシヤ語の横文字が刻まれている」墓地を探したが見つからなかった。ただ、軽井沢霊園を入った右手に、屋根付の箱形の墓碑が建っていて、正面には、

イエスの天より降り給うを待ち望む　聖書
軽井沢キリスト者墓地
一九六七年六月建之

と刻まれていた。献花台には野の花が供えられていた。

自転車屋のおやじさんも外人墓地は知らなかった。新名所を作りたがる人の画策だよ、と言ったが果たしてそうだろうか。

蜩 と い ふ 名 の 裏 山 を い つ も 持 つ　安東次男

人を育てる批評は今

遠山陽子の『評伝　三橋敏雄——したたかなダンディズム』(沖積舎)が、第四回桂信子賞を受賞した。

『評伝　三橋敏雄』は、A5判、六三八頁の大冊で、価格も七三四四円と高価である。

行きつけの区立図書館に問い合わせると、所蔵しているのは東京23区のうち三館のみで、そのうち二館は貸出中であるという。

すぐ見られるのは千代田区立千代田図書館のみで場所は地下鉄東西線の「九段下駅」から徒歩五分の所にあった。

何回か通って、必要な箇所はコピーして、帰りには神田神保町の古書街を覗いた。

海軍将官(山本五十六、井上成美、米内光政)の評伝で定評のある、阿川弘之の『志賀直哉』上下(岩波書店)に三千円の値がついていたのでびっくりした。

僕は、この本をブックオフで二百十円で購入したからである。

それと、『積乱雲とともに――梶山季之追悼文集』（季節社）が三千八百円の売価であったが、これは某古書即売展で三百十五円で手に入れた。

三橋敏雄は、十五歳で東京堂（現・トーハンの設立と関係が深い）に入社したというので、以前、東京堂の社史を見かけたことがあったので探していた。

先日、高円寺の西部古書会館で開催していた、杉並書友会主催の古書展を覗いたら、函入五九四頁の『東京堂の八十五年』（東京堂／昭和五十一年）を三百円で手に入れることができた。

一年前の昭和五十年に、田中治男の『ものがたり・東京堂史』（東販商事）が発行されているが、なぜ続けて刊行したのだろうか。

三橋敏雄は昭和十年にトップの成績で入社したにもかかわらず、四年で退社したから、『ものがたり・東京堂史』の年表に名前は記録されていない。

ところで、『評伝　三橋敏雄』の第一の特長は、各年の冒頭に表がついていて、その年の「米一俵の価格」が載っていることである。

例えば、昭和十年の欄には「十円九十銭」昭和十八年「十八円四十二銭」昭和二十年「六十円」昭和六十三年「一万六千七百三十四円」などと、昭和天皇が崩御するまで続き、それ以後はなぜか記載がない。

その年表も、俳壇トピックスだけでなく、芥川賞・直木賞の受賞者、文学界の動向、国内や世界の主な出来事などが要領よくまとめられているから、本人の置かれている状況を多角的に見ることができた。

先日、『評伝　三橋敏雄』を読むうちに、僕は小田原を再訪したくなった。三橋敏雄は小田原に十四年住み、死去してからも、すでに十二年も経っていた。三年振りの小田原を小田原競輪開設六十四周年記念の、北条早雲杯争奪戦の開催初日に当てた。

北条早雲像のある、小田原駅西口から競輪場行きの無料バスに乗り込んだ。場内に入るとちんどん屋が練り歩き、特設ステージではフラダンスのショーをやっていた。

顔見知りの連中がトグロを巻いていて、僕の顔を見て「アッ」（生きてた）といった表情をした。知り合いの売店に寄ると、店先に山のように、蒸したジャガイモが積んであった。一個百円である。昼メシは生ビールに焼きそばとジャガイモ一個にした。

「このジャガイモの品種は何?」

「男爵ですよ」

「伯爵はないのね」

「目の前にいるでしょ、伯爵夫人の成れの果てでザアマス」と、おどけて大笑いした。競輪で身を持ち崩した、元鉄筋工の三橋さんが僕を見つけて、どこからともなく姿を見せた。以前から胃腸関係が悪いと言っていたので、もしやと思ったが、どっこい生きていた。三年振りに会うので、千円をカンパした。

結局、競輪の成績は八レースから十一レースまで二勝二敗で交通費も稼げなかった。競輪場を後にして、僕は三橋敏雄の終の棲家の前を通って帰ることにした。競輪場の横の坂道を登りきった、相模湾を見下ろす場所にある。

このあたりは、小田原城の城内であったが、明治になって、黒田長成《ながしげ》侯爵の所有地となった。西側に続く板橋地域は、三井財閥を築いた鈍翁《どんおう》・益田孝男爵の別荘地であった。

次男の益田太郎は、数社の経営に当たりながら、太郎冠者の筆名で脚本も書き、「〽きょうもコロッケ　あすもコロッケ」という「コロッケの唄」を作詞したことで有名である。

玄関にはまだ「三橋敏雄」の表札が掛かっていた。家の中から、電話で話しているのか女性の甲高い声が漏れていた。

僕が本屋に勤めていた時、絵を届けに行ったことがあった。三橋敏雄の妻・孝子夫人の妹満子さんのお買上げだった。

彼女は、紅灯のまち「小田原宮小路《おだわらみやこうじ》」の一角でスナックを経営していて、僕なども知人に連れられて数回覗いたことがあった。

三橋敏雄がまだ小田原に来る前だし、僕も俳句に首を突っ込んでいなかったから、俳句の「は」の字も話さず、もっぱら春日八郎の「赤いランプの終列車」を唄っていた。

終の棲家の前を過ぎて、斜面を下って左折すると山角天神社《やまかくてんじんしゃ》の前に出る。石段の中腹に突然、石像が現れる。男爵海軍大将・瓜生外吉《うりゅうそときち》の胸像である。彼は鈍翁・益田孝の妹を妻にしていた。

瓜生外吉海軍大将の経歴をみると、アメリカのアナポリス海軍兵学校で砲術を習得して帰国した。日露戦争時には第四戦隊を率いる少将で、仁川《じんせん》沖海戦でロシヤの砲艦コレーエッツを自爆させ一等巡洋艦ワリャーグを自沈させた。

この戦功で瓜生外吉は男爵を叙爵した。

瓜生外吉が横須賀鎮守府海兵団長になったのは、明治二十四年十二月大佐の時である。それから五十数年後の、昭和十八年七月、三橋敏雄は横須賀海兵団に入団した。

瓜生外吉海軍大将に引かされるように、小田原に来て、膝元で生涯を終えたということに、何か運命的なものを感じるのである。

近すぎて自分が見えぬ秋の暮　　岡本 眸

追悼・秋山駿

去る十月二日、文芸評論家の秋山駿《しゅん》氏が亡くなった。十年前、僕の拙い著書に、帯文をお願いしたことがあったので驚いた。

その帯文の謝礼を郵送したら、数カ月後に封も切らずに送り返してきた。

「日常生活というものに音痴の状態で生きてきた」秋山氏にとって、どう処理したものか迷った末のことであった。

以前にも書いたことだが、秋山氏と義兄弟になるところだった。

というのは、秋山夫人の妹さんと僕は同じ職場で机を並べていた。秋山夫人は当時、装丁家として僕も名前は存じ上げていた。

僕が勤務していた饅頭製造機械製作所（ひらたくいうと包餡機《ほうあんき》のこと）は、栃木県の宇都宮にあり、設立一年足らずの新興会社であった。機械操作のマニュアルもできてなかった。

会社での僕の担当は、パンフレットやカタログの制作、広告宣伝などであった。

秋山夫人の実家も宇都宮で、父上は我社の顧問弁護士になっていた。その関係でアドバイザーとして月に数日、出社していた。

細かいところまで気配りのできる、優しい人だった。当時、僕も二十八歳の独身だったから、妹さんと結婚していたら義兄弟に……という話であった。

秋山氏の書くものを読むと、妹さんはその後結婚し、二人のお子さんに恵まれたということである。

秋山氏は、文芸誌「群像」に「『生』の日ばかり」を平成二十一年二月号から連載していたので、僕は時々読んでいた。

秋山夫人の帯状疱疹からくる肋間神経痛の難病を、老々介護をしていることは知っていた。

さらに、秋山氏自身が右足痛で歩行困難になっても、介護認定を受けなかった時期は、三年前の平成二十二年、僕が東京へ転居した頃と一致する。

秋山氏が永く住んでいた団地は、老朽による建替えが済み、新居に越されたばかりではなかったか。なぜ僕は近くにいたのに、一度も訪問しなかったのか。お手伝いすることは山ほどあったのではないかと思うと、悔やまれるのであった。

秋山夫人の状態は「『生』の日ばかり」の（十九）に、正岡子規の『病牀六尺』の（三十九）から全文引用されている。そして、

「誰かこの苦を助けてくれるものはあるまいか、誰かこの苦を助けてくれるものはあるまいか」（傍点・子規）

と子規と同じ悲痛な秋山夫人の叫びを拾っている。だから、秋山夫人が先に逝くのではないかと思っていた。ところが世間を見ても、介護した方が先に逝く場合が多々ある。

さて、新聞に載った追悼文で気になったのは、作家・佐藤洋二郎の一文であった。

それによると秋山氏は普段の会話はべらんめえ調だったようだ。これは「小林秀雄」論に永くつきあっていたから口癖になったのであろう。

秋山氏のデビュー作は、昭和三十五年の群像新人文学賞を受けた「小林秀雄」である。

丁度、同時期に江藤淳も『小林秀雄』を書いていた、という符合は面白いことである。

そして、「秋山さんが十日ほど前、若い文芸評論家がしっかりしないから、文学がすたれるのだと叱咤《しった》された」とも書いている。

俳句も然りではないか。評論家が自著を〝ほめっこ〟していては、どうしようもないのである。

「東京新聞」（二〇一三年十月四日）に評伝を書いた三品信は、死の半月前、秋山氏の自宅へ見舞いに行った。

「今年一番おもしろかったのは、加藤一二三《ひふみ》の『羽生善治論——「天才」とは何か』だ。将棋のことを書いているけど、あれは文学だ」

と言ったという。秋山氏が将棋を指すとは知らなかった。

僕は急に、昔新宿で観た、坂田三吉《さかたさんきち》のことを描いた映画「王将」を思い出した。近所の〝TSUTAYA〟から三泊四日百円でDVDを借りてきた。

原作・北條秀司、脚本監督・伊藤大輔、配役は坂田三吉を三國連太郎、女房の小春を淡島千景、娘の玉枝を三田佳子という顔ぶれである。それに主題歌「王将」を歌った歌手の村田英雄が、三吉の弟子になるというサービスぶりである。

「王将」を観ていると、新宿で映画ばかり観ていた自分の青春を、思い出すのであった。

それは、織田作之助が結核を患い、将来の見通しが見えない状態の時に、木村義雄との対局で坂田三吉の「9四歩突き」という奇想天外な、前代未聞の一手に三吉の青春を感じたように、映画の存在は大きかった。

『羽生善治論』は文学だ、と言う秋山氏が投げた言葉は、僕にとって「9四歩の謎」と同じでその真意が分からない。

とにかく、鶴でさえ恩返しするのに、人間のお前がなんで……という声が僕を責めるのである。

二〇一四年

学歴考

放浪詩人・高木護を検索したら、詩集とエッセイ集が四十件も出てきた。なのに、この人の名前は「文藝年鑑」に載っていない。

一九二七年（昭和二年）熊本県生まれで、人にいうほどの学歴もなく、十四歳から働き始め、三十六歳の時に上京し、約百二十種の職につき、働けない体になってから、ものを書き始めた、という経歴の人である。

エッセイ集の中に『人間浮浪考』『人夫考』『野垂れ死考』など「考」のつく書名がいろいろあるが、中でも『穴考——穴からうまれて穴に還る』が、一番の傑作であろう。

目次を見ると、穴くらべ・穴売りの女たち・穴そうじの話・穴掘り大会・墓穴を掘る等々、穴の話ばかりを集めてあるが、ギャンブルで大穴を当てた、という話は一つもない。競輪、競馬、競艇の類は一切やらなかったのである。

昨年末の十二月二十八日に、「ガールズグランプリ」（女子競輪の日本一を決める）が立川競輪場であるというので、大穴を求めて行ってきた。

ガールズは一期生、二期生合わせて現在、五十一名で学歴は高卒、大卒半々である。

競輪もただ力で走っていればいい、というものではない。結構、頭を使うのである。

結局、ガールズグランプリの女王は、国立大阪教育大学出身の元小学校教員で、三十二歳の中村由香里であった。一、六二五メートルを二分二二秒四のタイムで走り、優勝賞金七百万円を獲得した。

二着は順天堂大学出身の加瀬加奈子、三着は本命を背負っていた、明治大学出身の石井寛子であった。

僕が穴と狙った早稲田大学出身の、中川諒子を厚めに買ったが、結果は最下位の七着に沈み大損してしまった。

女子競輪には大穴が出ない、というのは本当のようだ。

◆

僕は授業をエスケープして、寄席によく通っていたが、自分が芸人になろうとか、落語家になろうとかは、耳かきで掬うほども思わなかった。そういう発想は皆無であった。

ところが、今の人は大学に入学すると落語研究会に入って、落語家を目指すのである。

大学出が落語をつまらなくしている、というのが、以前から僕の持論だったのだが、最近、真打になった人の落語を何人か聞くうちに、考えが変わってきた。期待してもいい新人が現れてきたのである。

元日の朝日新聞に「もう一つの生き方」というタイトルで、三人の若者を取り上げていた。そのうちの一人に、米国エール大学を卒業し、勤めていた三井物産を退職して、落語家になった人物が載っていた。

初高座に「つる」をやったというが、桂歌丸がやっても面白くない話なのだから、これはやらせた方が悪いのである。

現在は、古典の英語落語に力を入れているそうだから、学歴と経歴が一致した希有な例である。

矢沢永吉の『成りあがり』（小学館）を四十年前に読んだ（彼は今コマーシャルで総理大臣に成りあがっている）。

ライブが終わって楽屋にいると、京都大学を出て一流商社に就職した、高校の同級生が訪ねてきた。

「君はいいなァ、好きなことをして生活できて」と言って、仕事が合わず、悶々と日を送っている現況を訴えた。

「僕は君が羨ましいよ。安定した生活ができて、それとも、落語家やお笑い芸人になるか」——最近、「京大芸人」が出てきたらしい。お笑い芸人を目指して京大に入りたいという受験生が増えるだろう。世の中変わってきたのだ。

◆

評論家の大宅壮一は、造語の名人であった。「恐妻」「太陽族」「一億総白痴化」「緑の待合」等々。中でも「駅弁大学」が一番の傑作であろう。

昭和二十四年、学制改革により二百数十の新制大学が誕生した。健啖家の大宅壮一は、上野から青森まで、急行の停まる駅ごとに駅弁を食べたという。駅弁を売っている町には必ず大学があったので「駅弁大学」と言った。

誰もが大学へ行けるようになったが、中味が薄くなったことを、からかったのである。

昔は一中、一高、東京帝大というのがエリートコースであった。僕らの時は、番町小、麴町中、日比谷高校、東京大学と言われたが今ではすっかり様変わりしているようだ。

ところで、一月の中旬に孫娘のお守役で原宿に行った帰りに、明治神宮に参拝した。

御社殿へ行く参道の脇に、昭憲皇太后《しょうけんこうたいごう》が崩御（一九一四年・大正三年）されて今年で百年ということで、生涯がパネルで紹介されていた。四月十一日に百年祭を挙行するという。

学習院女子部は、昭憲皇太后がつくった華族女学校がもとである。そこへ贈った歌がパネルになっていたので、読んでみると箏曲で習ったことを思い出した。

帰宅して楽譜を見たら、五年前に三回お稽古していた。

昭憲皇太后の御作歌の「金剛石《こんごうせき》」で、生田流箏曲の楯山登検校《たてやまのぼるけんぎょう》が、明治三十六年に作曲したものである。

金剛石もみがかずば
珠《たま》のひかりはそはざらん
人もまなびてのちにこそ
まことの徳はあらはるれ
時計のはりのたえまなく
めぐるがごとく時のまの
ひかげをしみてはげみなば
如何なるわざかならざらん

というものである。

僕は「筑紫会」の筑紫歌都子《ちくしかつこ》門下の師匠から習った。「金剛石」は、「昭憲皇太后の歌は、もともと、『学習院にくださったお歌』なのに、お茶の水女子大、雙葉、白百合女学院その他の学校で歌っているのはなげかわしい、といった空気もある」（大宅壮一「日本の孤島『常磐会』」）というが、今はどうだろう。

同じ学習院出といっても、戦後、入学してきた勤め人の子弟などは、純血種と認められないのである。

とにかく四月十一日は、内田百閒も弾いたことがない「金剛石」を弾こうと思う。

あをぞらにちかくていたむ花辛夷　谷口秋郷

牛飼が歌をよむ時……弟子を育ててこそ

友人に誘われて、ある句会に顔を出した。主宰も高齢であったが、会員も高齢者が多く、ほとんどが女性であった。

幹事らしき初老の男性が、資料を抱えて出席者に配っていた。渡されたプリントに目を通すと、某出版社が主催する「俳句賞」の発表と選考座談会のコピーだった。

選考委員は女性二人、男性二人で、今や脂の乗った面々である。選考委員に不足はないとはいえ、中には、このメンバーに選考されるのは嫌だという不遜な応募者がいるかも知れない。

しかし、この位のレベルなら応募しようと思う人がいるから、七百篇強も集まるのであろう。

本来の句会は早めに切り上げて、「俳句賞」の経過について侃々諤々《カンカンガクガク》の議論が出て、句会終了後の反省会へずれ込んだ。

ここで出た意見や感想を、アトランダムに抜き出してみた。

A　受賞作をみると「かな」「けり」の句が多かったね。応募五十句のうち「かな」が八句、「けり」が十一句もあったよ。全体の三八％だ。俺は年金暮らしの一人暮らしだけど、「かなかな、けりけり」蜩じゃあるまいし、もう少し突っ込んだ表現がなかったかと思うよ。
B　女性選考委員もいうように、受賞作には毒と思われる句があるが、それを新しいとみるかどうかだよ。
C　〈そのへんの桜ながめてゐたりけり〉などここは桜じゃなくても、梅でも椿でもいいんじゃないの、季語が動くよ。
A　いや、僕は芭蕉の〈さま〴〵の事思ひ出す桜かな〉に匹敵する名句だと思うよ。
C　〈元日や鉄のパイプの国旗立〉はどう？
A　この人、鉄パイプを振り回していた世代ではないか。
B　どうかな。
A　鉄パイプが国旗立になったのを嘆いているんだ。
B　国旗は竿のテッペンに金の玉がついてなきゃ納得しないタイプだ。
C　この間の東京都知事選の時、新宿西口を歩いていたら、元航空幕僚長の選挙カーが止っていて、デヴィ夫人が応援演説していた。私の子供の頃は、祝日には国旗をどこの家でも立てていたが、どうして今は立てないのかと怒っていたよ。

Ａ　受賞作の人、京大出身だよ。
Ｂ　それじゃあ、学歴では大将だから、決まったようなもんだよ。
Ａ　◎が二つあれば引き下がるほかないと、選考委員を辞めた人もいたらしいよ。
Ｂ　今度代わったＴＭ氏は筋が通っているよ。自分の選句の姿勢を貫き通したでしょう。
Ａ　選考座談会の最後に、私が受賞作に、反対したということはちゃんと書いておいてください、といっている。
Ｂ　感動した。このような選考委員がもう一人いるならば、応募しようという気になるだろう。
Ａ　選考会に新風を吹き込んだことは確かだ。

ＴＭ氏とは高野ムツオ氏のことである。僕の知っている句会では、氏の句集『萬の翅』を書店に注文したが、手に入らなかった人もいた。直接、氏にお願いしたら、本の扉に一冊ずつ直筆の句が認められていた。

『萬の翅』は「第六五回読売文学賞」を受賞した。句集を入手した人達は、お互いに直筆の句を見せ合って、喜びを分かち合った。

今年の正月、「江戸歩きの会」で、いつもの仲間と亀戸七福神めぐりをしていたら、毘沙門天をまつる普門院にぶつかった。ここには伊藤左千夫の歌碑と墓があった。

伊藤左千夫といえば、斎藤茂吉、島木赤彦、土屋文明などの歌人を育てたという。弟子を育てること、大型新人を発掘することも師として重要な仕事ではないか。

牛飼がうたよむ時に世の中のあらたしき歌おほいに起る　伊藤左千夫

牛飼が歌をよむような馥郁《ふくいく》とした時が、再び来て欲しいと願うものである。

◆

敬礼の鮮烈なりし小野田少尉いま戦友のもとに旅だつ

（千葉市）岩川栄子・読売歌壇二〇一四年二月十七日

小野田寛郎《ひろお》さんが亡くなった。今年の一月十六日、享年九十一歳であった。小野田さんといえば、スパイ学校で有名な陸軍中野学校の二俣分校でゲリラ戦の教育を受け、昭和十九年十二月フィリピンのルバング島に派遣された。終戦の九カ月前である。

終戦を信じず、敵の謀略と思い「残置諜者」として約三十年ジャングルに潜伏し、最後の元日本兵として一九七四年三月に帰国した。

僕の生家の前に、陸軍中野学校があった。その跡地に今は東京警察病院が建っている。その敷地に陸軍中野学校の石碑があることは知っていた。

小野田さんの死を聞いてびっくりしたのは、一カ月前にこの石碑と対面したばかりだったからである。

石碑は、病院の正門を入り右手に行った突当たりの樹木に囲まれて、ひっそりと建っている。高さ一・五メートル。表面には「陸軍中野学校趾」と楷書で彫ってあった。裏面には中野学校の概要が記されていた。建立は昭和五十三年のようだが、小野田さんが教育を受けた二俣分校に全く触れていないことは、片手落ちであろう。

二俣分校は昭和十九年八月に、静岡県磐田郡二俣町（現・浜松市）に開設され、小野田さんは一期生であった。

僕が関心を持ったのは、石碑の横の土中に差し込まれていた幅七センチ、長さ四〇センチほどの板切れであった。

表は「陸軍中野学校分隊　霧島部隊（宮崎）」、裏に「住所　電話番号　氏名　年齢八十八」が、黒マジックで書いてあった。

僕はこの方を訪ねてみようと思った。住所も電話も記してあるのは、興味があったら来てくれということではないか。

住所からみると、我家から自転車で十五分もあれば行ける距離である。

詳細地図をみると、僕の家の菩提寺の裏道を、東へ五百メートル行った住宅密集地にあった。

地番からすると、一戸建てではなく、集合住宅の二階に住んでいるであろう、と推測した。自分が中野学校出身みたいに、推理を楽しむのであった。

アパート、マンション風の建物を探した。地番に該当する建物は、木造二階建てで、築四十年以上は経っていそうな、民間アパートだった。道路側のポストにY氏の名刺が貼ってあった。その下に空の石油のポリタンクが置いてあり、Y氏の名前が書いてあった。

錆びついた鉄の階段を上ってドアをノックした。Y氏が顔を出した。背筋はシャンとして、声も張りがあり健康そうにみえた。室内も奇麗に片づいていた。

しかし、なぜか僕を部屋に上げようとはしなかった。Y氏の話と国会図書館にしか蔵書がない、『陸軍中野学校』（中野校友会編）を基に推測すると次のようになる。

昭和二十年になると「本土決戦」の準備に入り、米軍は九州に上陸と予想し、中野学校出身のK氏が、西部軍遊撃教導隊（通称霧島部隊）を編成し、遊撃戦の研究指導に当たったのである。

さらに、小野田さんと同じ二俣分校の一期生の三人が、霧島部隊の教官として派遣され、ゲリラ戦の指導に当たったのである。

Y氏は志願して霧島部隊に配属されたが、頭に爆薬を載せて、日夜、敵艦隊への体当たり訓練をしている内に終戦になったのである。

Y氏は中野学校の出身ではない。霧島部隊が中野学校の分隊であったという記録はないが、霧島部隊に在籍していたことは確かであろう。

花 の 風 山 蜂 高 く わ た る か な　　飯田蛇笏

ハイル　ヒトラー

昭和二十年三月十日の東京大空襲から、六十九年目、三月十一日は東日本大震災から三年経った。

去年、九十六歳で亡くなった僕の母は、三月十日が誕生日であった。深川の木場に住んでいたので、焼夷弾の雨に曝されたが、どうにか逃げのびた。僕は祖母のいた生家にいたので助かった。空襲の話は、母から何回も聞かされていたが、僕を連れていたら足手まといになり、焼死したか、僕も戦災孤児の一人になっていたかも知れない。

毎年、三月十日が近づくと、忘れてはならないようにと、新聞各紙はエピソードを掘り起こし特集を組んでいる。

今年は、三万人の犠牲者名簿を基に、どこに住んでいた人が、どこで亡くなったかを「いのちの被災地図」として完成させたと大きく報道された。

「東京大空襲・戦災資料センター」（東京都江東区）に常設展示した、というので三月初旬に行ってみた。僕は数年前から、ここの維持会員になっているので、何回か来ている。

最初の頃は、資料センターの帰りに、近くにある石田波郷の住居趾や記念館に寄ったりしたが、最近は砂町銀座商店街をひやかしながら、おでんで缶ビールを飲むのが楽しみである。

資料センターに着いたのは昼頃であった。男女六人の中学生が、ボランティアの担当者から説明を受けていた。丁度、見学者の一人が空襲に遭った体験者で、補足説明をしていた。

「いのちの被災地図」（約二・五メートル四方）は二階の展示室の壁に掛けられていた。備え付けの「感想ノート」を見ると、北海道から沖縄まで見学者が来ていることが分かる。中学、高校の修学旅行の見学先に組込まれていることもあるようだ。

僕が一番関心を持ったのは、戦災センターの図書室の隅で見つけた、一枚の表彰状のコピーであった。

当時、サイパン島の第二十一爆撃集団司令官であり、日本本土の無差別焼夷弾空襲の指揮官であった、カーチス・ルメイ将軍に贈与したものである。

原本は米国航空宇宙博物館にあるが、文面は次のように記されていた。

日本國天皇はアメリカ合衆國

空軍大将カーチス・イー・ルメイを

勲一等に叙し旭日大綬章を贈與する
昭和三十九年十二月四日皇居において
親ら名を署し璽を捺させる

昭和三十九年十二月四日
内閣総理大臣　佐藤　榮作
総理府賞勲局長　岩倉　規夫

第八九八七号

この時、ルメイ将軍は米空軍参謀総長であった。叙勲の理由は「日本の航空自衛隊の育成に貢献したから」ということであった。

このことは、ダグラス・マッカーサー元帥は知らなかった。なぜなら、昭和三十九年四月五日に八十四歳で死去していたからである。

◆

二月三日の節分の豆を拾いに、自宅近くの神社に行った。本殿で豆を撒く著名人は毎年決まっているようだ。相撲取り、女優、演歌歌手、落語家、お笑い芸人などが顔を出しているようだ。

豆撒きが始まると、参詣者がざわつき出して人の群れが左右に揺れた。

僕が行った時は、豆がよく飛んでくる場所はすでに人で埋まっていた。

僕は群衆の後ろにいて、皆の衆の動きがよく分かる位置にいた。すると、あることに気がついた。皆の衆が豆をこっちへ投げてくれという風に、右手を挙げているのだ。

四十五度の角度である。どこかで見たことのある光景だと思った。それは、かつてニュース映画で見たナチス風の敬礼であった。

今にも「ハイル　ヒトラー」という声が聞えて来るようだった。

豆撒くやナチスのごとく手を挙げて　康吉

報道によると、公立図書館で『アンネの日記』を始めとして、アンネ関連本の破損事件が、去年の二月からあったという。

図書館の防犯カメラから容疑者が逮捕されたので、ひとまず解決したような感じである。

僕の犯人像は次のようなものだった。

犯行は一人でなく組織的にやっている。西武線か中央線の沿線に住んでいる。年齢は三十から四十五歳迄の男で左利きである。人相はインテリ風で眼鏡を掛けている。

グループでやっているのではないかという考えは捨て切れないが、一人でもやれないことはない。図書館一館当たりの被害が、三冊から十三冊だからである。トイレに持ち込んで、刃物のようなものを使って破いたのだろう。

書物だけでなく、六千人のユダヤ人を救った外交官、杉原千畝《ちうね》の顕彰碑がいたずらされていないか、出身校の早稲田大学に行ってみた。

北門から入って右側の芝生に建っている。

故郷の岐阜県八百津町には、立派な記念館があるが、三年前の平成二十三年に建立された高さ一メートルほどの碑の表面には、

外交官としてではなく
人間として当然の
正しい決断をした
命のビザ発給者
杉原千畝

とあり、本人の肖像がはめ込まれていた。

碑は無傷であった。

逮捕者は精神障害の疑いもある、ということである。

「誰でもいいから殺したかった」などと、短刀を振り回したり、車で歩道に突っ込んだり、この手の者が野放し状態だから、危なくて安心して街も歩けない。なんとか解決策がないのだろうか。ヒトラーならユダヤ人と同じように、精神障害者をまとめてガス室に送り込んだ、という話もあるが、自分に都合のよい行為をした者は、ヒトラーが許してくれるのかも知れない。

◆

図書館の本を破損した、という話を聞くと僕がすぐ思い浮かべるのは、私小説家の川崎長太郎のことである。

年譜を見ると、小田原の魚商に生まれ、ロシヤ革命のあった大正六年の十五歳の時、神奈川県立小田原中学校（現・小田原高校）に入学した。開設してまもない町の図書館に通い、「内外の小説類を耽読し、文士となる希望を抱く」とあり、十六歳の時「図書館の本を傷つけ中学校から放校され」た。書き写す時間をおしんで、破り取ったのが真相らしい。

図書館の係員が、あとで点検して分かった。

当時は開架式でなかったから、申込書を見れば誰が借りたか分かったのである。

去年（平成二十五年）十二月に刊行の川崎長太郎老境小説集『老残／死に近く』（講談社文芸文庫）の年譜を見たら、傷つけた本の書名が載っていたので驚いた。どうして分かったのだろう。それは早稲田文学社編『文藝百科全書』（隆文館／明治四十二年）であった。

某図書館で現物を見たが、A４判の厚さ一〇・五センチあり、表紙はワインカラーであった。内容は三部に分かれていて、第一部は文学、第二部は演劇、音楽、美術、彫刻、第三部は解題と人物辞典となっていた。

どこの部分を破いたかは分からないが、現在のようにコピー機があったら、破る行為は勿論しなかった筈だ。破損事件がなく、中学校をまともに卒業していたら、家業の魚商を継いだか、会社員になっていただろう。

放校されなかったら、作家・川崎長太郎は生まれなかったかも知れない。

牛飼のわが友五月来りけり　橋本多佳子

山梨文学讃歩

四月七日、孫が小学校に入学するというので、一泊の予定で甲府へ行ったズラ。

ＮＨＫの朝の連続テレビ小説「花子とアン」が始まった。原案は村岡花子の孫、村岡恵理の『アンのゆりかご　村岡花子の生涯』である。

東京・大森の自宅が空襲に遭い、『赤毛のアン』の原書と原稿用紙を包んだ風呂敷を抱えて、防空壕へ逃げ込むシーンから始まった。その日は昭和二十年四月十五日の夜であった。永井荷風の『断腸亭日乗』には、次のように記されている。

四月十五日　日曜日　晴。

（中略）九時過空襲警報あり。爆音近からず。火の空に映ずる方向より考ふるに被害の地は目黒大森辺なるべし。夜半二時頃警戒解除となる。

『アンのゆりかご』の主要参考文献に「『東京大空襲・戦災誌』第四巻　東京空襲を記録する会（一九七三）」まで載っていることを見ても、この本がいかに信用できるものであるかを証明していると思う。

甲府駅に降りると、今や甲府は村岡花子一色である。

僕は、石和《いさわ》温泉で降りて、かねてから行ってみたいと思っていた、飯田蛇笏・龍太の「山廬《さんろ》」へ行くことにした。

「山廬」とは飯田家の呼称で、蛇笏の別号だという。

駅前の観光案内所に飛び込んで、笛吹《ふえふき》市の地図を見ると、歌人の山崎方代《ほうだい》の生地である「右左口《うばぐち》」は「山廬」の付近であった。

案内所の若い女性に、桃の花を眺めながらこの二カ所を回りたいが、メーター方式と貸切りとどちらがいいか相談した。運転手と直接交渉して下さい、と言って地図を持って待機中の運転手のところまで行ってくれた。

その運転手は、場所が分かっているのか、分からないのか、要領を得ないまま、行けばなんとかなるだろう、といった調子で結局、貸切り方式にした。

運転手の年齢を聞いたら、今年七十五歳になり、会社から去年で終わりと言われたが、生活もあるので、頼み込んであと一年やることになったという。

「石和温泉には、二十五、六年前に会社の慰安旅行で来たことがありますよ。流行ってましたねえ」

「ワタシも石和で四十年タクシーやってますがね、あの頃が一番活気がありましたよ。食事してるヒマがないほど忙しくてね、給料よりチップの方が多かった月もあったよ」

「揃いの半纏姿の芸者神輿が石和の名物でしたね」

「芸者が八百人もいたんだから。知り合いの芸者で、身寄りがなく、役所の世話になっていたけど、この間亡くなってね、老人ホームに入る歳になったんだね」

などと話しながら、車は笛吹川に沿って走った。ピンクに咲くのは桃の花、白く咲くのは李の花である。今年は大雪で、咲くのが遅いと言われたが、この辺は満開であった。

目的地について、僕の説明を聞いていた運転手が、「小黒坂《こぐろさか》の方だ」と言って、坂道を上って行った。昔、和服を着た五七五の先生を、乗せたことがあると言った。

道の角に「俳句散歩コース」と「山廬」と書いた小さな立札があった。矢印に沿って行くと、塀に囲まれて風情があり、「ワシが山廬だ」という風に建っていた。

運転手は屋根を見上げて、「昔は藁屋根でしたよ」と言った。

門柱の間には、寺や神社にあるような、進入禁止を意味する、とうせんぼの木の柵が置かれていた。そこから玄関までは、三〇メートルあるだろうか。玄関先に大きな甕が置かれ、桃の花がどっさり生けてあった。

松の枝が玄関先まで伸びていて、雪吊りがしてあった。

ここには、かつて蛇笏を訪ねて若山牧水、前田普羅が、龍太を訪ねて三好達治、井伏鱒二、深沢七郎などが来た。

しかし、隣村に生まれた歌人の山崎方代は来なかった。歌集は送ってきたが、生涯、直接会うことはなかったらしい。

飴山實も「山盧」の囲炉裏を囲んで、

世のことを雪代山女焼きつゝも

と詠んだという。

深沢七郎は『楢山節考』の地形、人情は、このあたりをモデルにしたと、飯田龍太に語っている。

狐川の上流に、「楢山節考舞台説明の碑」というのが地図にも載っている。

「山盧」に入る許可をもらっていないので、次の「右左口の里」にある民芸館へ廻ってもらうことにした。運転手も不案内らしく本社に聞いている。

別の運転手から無線が入って、行ってみると「風土記の丘」であったりした。

運転手は「ここまで来たら寄りましょうよ」と言う。地図をよく見ると、民芸館はK学園の手前にある。

「K学園ね、これで見当つきました。知り合いの芸者の息子が寄宿していて、年に何回か面会に行くとき乗せましたから」と言った。

「右左口の里」はマス・コイの釣堀や、バーベキューやバンガローの施設もあり、民芸館には方代に関するコーナーと陶芸教室も開かれているらしい。民芸館の入口には、方代の歌碑が鎮座していた。

桑の実が熟れてゐる
石が笑つてゐる
七覚川がつぶやいてゐる

と刻まれていた。歌碑は駐車場にも、小さいのが一つあった。

うつし世の闇にむかっておおけなく山崎方代と呼んでみにけり

約三時間の文学散歩は終わった。名刺の裏に〈一月の川一月の谷の中〉と書いて、「この句は飯田龍太の代表作だから、覚えておいて、俳句のお客が乗ったら、ちょこっと披露すれば、俳句の分かる運転手として評判になりますぜ」と言って運転手に渡して別れた。

かたつむり甲斐も信濃も雨のなか　　飯田龍太

◆

文学讃歩の二日目は、歌人の山崎方代の墓と生家跡を訪ねることであった。方代の墓は菩提寺でもある、円楽寺にある。

石和温泉駅前から乗ったタクシーの運転手は、方代の名は知っていたが、円楽寺の場所は知らなかった。三十八年タクシーをやってるが、行くのは初めてだという。

僕が落語家の三遊亭円楽の円楽寺だよ、というと、本社から地図がカーナビに入ってきた。右左口の生家跡の反対方向にあった。

境内は広く、本堂の前には、樹齢数百年もありそうな、大いちょうが聳えていた。

車から降りて、運転手と「墓地はどこかな」などと話していると、住職の奥さんが勝手口から出てきた。

「方代さんのお墓ですね、ご案内しますから、付いてきて下さい」と言って本堂横の坂道を上って行った。本堂の脇に方代の歌碑が一基あり、僕が崩し字を読みあぐんでいると、

私が死んでしまえばわたくしの心の父はどうなるのだろう

と、運転手がすらすら読んだのでびっくりした。

住職の奥さんは、墓地に着くまで円楽寺の由来をひとしきり説明してくれた。裏山は墓地になっていて、一段目の中央に方代の墓があった。墓石の正面は「山崎家一族墓」と方代の直筆で刻まれていた。

円楽寺は古くから富士山信仰の拠点として栄えた寺らしく、墓石は富士山に向かって建っていた。方代が死の十五年前の、昭和四十五年に建立したという。

ここから方代生家跡へは、車で十分程である。生家跡はあずまやが建ち、敷地の一角には歌碑が三基あった。中でも一番大きな、高さ二メートル、幅三メートルの歌碑には代表作の一つである、

ふるさとの右左口郷《うばぐちむら》は骨壺の底にゆられてわがかえる村

歌碑の一番多い歌人は誰か知らないが、故郷に建つ歌碑の数では、方代の右に出る者はいない

だろうと思う。

　ざっと挙げても、個人の自宅の庭に一基、生家跡地に三基、右左口のスポーツ広場に二十基、右左口の里に三基、墓地のある円楽寺に二基と、締めて二十九基もある。

　その他、鎌倉の瑞泉寺の山門前に、師匠の吉野秀雄に仕えるように、こぢんまりと一基建っている。

　これとは反対に、俳人の飯田蛇笏は句碑を建てることは好まなかったようである。

ある葡萄園で「雲母」の大会があった。葡萄園には、天皇の行幸記念碑もあった。

蛇笏を尊敬していた葡萄園の主人は、蛇笏がここで詠んだ句を、無断で句碑にして建ててしまった。

〈西日さす天皇の日に葡萄売る〉

というものだった。

　怒った蛇笏が、すぐ撤去しろと迫ったので、主人は仕方なく「天皇」の二字だけ残して削らせた。

　実際の句は、

〈西日さす天皇の碑に葡萄熟る〉

であった。耳だけにたよると、こういうことが、よく起こるのである。

この話は、車谷弘の『わが俳句交遊記』(角川書店)に載っている。この方は、車谷長吉の親戚かと思ったら関係ないようである。

蛇笏の句碑で有名なのは、故郷の智光寺にある、

ききとむや世はさだめなきつゆの音　山廬

と、山梨県立文学館の横にある、

芋の露連山影を正うす　蛇笏

である。特にこの句碑の石は、連山の一山を切り取ったように、山の形になっている。

このように句と石がうまくマッチしている句碑を僕は他に見たことがない。

県立文学館は、県立美術館と向き合うように建っている。山梨県出身とゆかりのある作家が手際よく紹介されている。

企画展と常設展があり、僕が行った時は、企画展が村岡花子、常設展では林真理子の特集をしていた。

林真理子の『白蓮れんれん』『女文士』『葡萄物語』などの原稿や初版本を公開していた。

最近の作家は、原稿を七割の人がパソコンで書き、手書きは三割ということである。

書斎は奇麗に整頓され、机上はパソコンがのっているだけである。メールでやりとりするから、手紙は書かない。文学館入りしたら何を展示するのだろうか。

この県立文学館で、山崎方代展が過去三回開催されている。今年は方代と深沢七郎がくしくも、生誕百年である。企画展をやるなら見に行きたい。

山梨出身の作家で、昔から気になる作家がいる。『甲府盆地』『狐と狸——甲州商人行状記』の作者、熊王《くまおう》徳平である。

熊王徳平の著作は、東京都内の図書館でも三、四点しか所蔵していない。

この間、東京・池袋の芸術劇場前の公園で開催した古本まつりを覗いた。四十六店舗から五十万冊が出品された。

熊王徳平の本は『小説竹久夢二』（売価三百円）の一冊しか見当たらなかった。

県立文学館には全著作（二十三冊）が揃っていた。戸川渓谷に立派な文学碑があることも知った。

さらに、昭和二十年四月十日、太宰治が弟子の小山清と、熊王徳平宅に泊まっている。

翌日、鶏二羽を土産に貰い、太宰治の妻の実家である石原家に帰った、と年譜にある。

熊王徳平と交流があったとは、知らなかった。戦時中、太宰治や井伏鱒二も甲府に疎開していたから、甲府駅の北口には、太宰治ゆかりの地を巡る四十分のコースがある。

山梨の文学讃歩は、まだまだ続くようである。

奥山の湯治帰りの月にあふ　飯田蛇笏

深沢七郎生誕百年展

先日、飯田龍太の資料を探しに、神田神保町の古書街へ行った。パソコンや図書館で見ればいいだろうといわれるが、古書店歩きの楽しみがなくなるし、資料は手元に置きたいのである。文学書が豊富で定評のある某書店に「飯田龍太読本」（「俳句」昭和五十三年十月臨時増刊号／角川書店）があった。二千円の値段がついていた。田村書店の百円ボックスの中を覗いたら、同じ本があったので、儲かった気分になった。さらに、別のボックスを見ると龍太の第六句集『山の木』が六百円で紛れ込んでいた。

この二冊を抱えて、行きつけの喫茶店に入り、コーヒーを飲みながら句集を拾い読みした。

今川焼あたたかし乳房は二つ　飯田龍太

という句が印象に残った。僕は「今川焼」も「乳房」も両方好きである。昭和四十七年の作という。

「乳房」を詠み込んだ句が、どのくらいあるか数えてみようと、つまらないことを考えた。

日々の芽や乳房隆まる鍬づかひ　（『童眸』）
秋光の深浅は乳《ち》のにほひにも　（『麓の人』）
しぐる夜は乳房ふたつに涅槃の手　（『忘音』）
出口入口ふさふさと夏の乳房　（『春の道』）
晩年の乳房をりをり露に濡れ　（同右）

こう見ても、意外と少ないものである。
では、他の俳人にはどんな句があるか、まず頭に浮かぶのは、

おそるべき君等の乳房夏来る　西東三鬼
ふところに乳房ある憂さ梅雨ながき　桂信子
湯の中に乳房いとしく秋の夜　鈴木しづ子
草いきれ女人ゆたかな乳房を持てり　中塚一碧楼

の句である。

乳房にああ満月のおもたさよ　富澤赤黄男
麦秋や乳児《ちご》に嚙まれし乳の創《きず》　橋本多佳子
すばらしい乳房だ蚊が居る　尾崎放哉

このくらいにしておいて——。
「どんな乳房がいいでしょうか」という質問に、吉行淳之介は「あらゆる乳房がすべていいんです」と答えたと、小沢昭一が書いている（『絶好調　小沢昭一的こころ』）。

今年の六月は、都議会の女性蔑視のヤジ問題で話題になった。ヤジといえば、昨年の十月に亡くなった「広告批評」の先駆者で、コラムニストの天野祐吉《ゆうきち》を思い出す。この道に進むきっかけは、浅草のストリップ劇場でのヤジが原点だったと、NHKの「ラジオ深夜便」で話していた。

二十代の初めに上京し、浅草のロック座に入った時、なかなか脱がない踊り子に対し、

「もっとマジメにやれ！」

と、観客の一人が投げつけたヤジがあった。

今なら女性蔑視やセクハラの範ちゅうに入るかも知れないが、目から鱗で、この一言が天野祐吉を「時代にヤジを飛ばし続けた人」とならしめたのである。

さて、龍太の「今川焼」の句であるが、どこの今川焼であろうか。今川焼の温かさと触感から乳房を連想したのは面白い。

僕は、この今川焼は深沢七郎が始めた「夢屋」の今川焼ではないかと思った。

龍太の次兄と深沢七郎は、旧制日川《ひかわ》中学の同級生で親しかった。龍太も七郎のことは戦前から知っていた。

七郎が今川焼屋を、昭和四十六年十月東京墨田区東向島に開店したことも知っていただろう。

今年は、深沢七郎生誕百年、没後二十七年ということで、故郷の山梨で大きなイベントでもやるかと思ったら、一月に関係者が集まってすでに済ませたということである。

生誕百年展の方は、山梨ではなくラブミー農場があった、埼玉県久喜市の菖蒲文化会館（アミーゴ）で開催しているというので行ってきた。

アミーゴの中にある図書館の一室で展示されていた。

入口の左手のガラスケースは、ギタリスト深沢七郎のコーナーである。日本コロムビアで出したLP「ギター独奏集　祖母の昔語り」があった。

そのCD、本人が作曲した譜面、光文社のカッパブックス『深沢ギター教室』、練習用のギター等が陳列されていた。

その他「楢山節考」の映画ポスター、五カ国語に翻訳された本、今川焼と焼だんご用の包装紙、屏風が二双、『みちのくの人形たち』に出てくる枕屏風も展示されていた。

経本のように折り畳み式の『みちのくの人形たち』と和綴じの『秘戯』のみを出版する夢屋書店を作った。特に『秘戯』は、ヒロセ元美の唇に紅を塗って、全頁の上部に舐めるように跡形を赤で印刷した。天金ならぬ天紅と称した。自ら企画し、造本、装丁など楽しんで出版したので、「自慰出版」と言っていた。

今川焼の包装紙のデザインは、横尾忠則と赤瀬川原平に依頼した二種類があり、それぞれ額に入っていた。客の何人かは、今川焼よりこの包装紙が目当てで、折らないでくれと言ったそうである。

当時、今川焼の値段は、鯛焼と同じで一個二十五円であった。横尾デザインの包装紙の原価は一枚二十四円した。

右手の壁には、七郎のギターを弾いている写真が数葉あった。日劇ミュージックホールのダンサーに囲まれている。

当時のストリップ界の御三家といえば、伊吹まり、メリー松原、ヒロセ元美である。それに、ジプシー・ローズ、R・ランプル、小浜奈々子、奈良あけみ、アンジェラ浅丘の五人を加えてこの八人がヌードの殿堂入りをした。

この方達は、最初から脱いで出てくるから、踊りだけを見せるのでお上品なのである。

僕はお下品の方が好みだったので、舞台はもっぱら浅草、新宿、池袋に出没していた。深沢七郎と大江健三郎との対談記録（『深沢七郎の滅亡対談』ちくま文庫）を読むと、大江健三郎は、あちこちの小屋に出入りしていたようで、ストリップに造詣が深いのには感心した。これが作家魂というものであろう。

『楢山節考』の出版記念会は、日劇ミュージックホールで開いたが、蝶ネクタイに花束を抱え、いい男に写っている七郎の右に伊吹まり、左にヒロセ元美の顔が見える。ヌード・ダンサー達は、夜中の一時というのに、お祝いに駆けつけて来ての友情出演であった。永井荷風が浅草のストリッパーの楽屋を訪ねるのとは、わけが違うのである。

後年、大会社に転職した僕は、取引先の社長から「ストリップの女王（伊吹まり）が尼さんになって、銀座でクラブをやっているから行きませんか」と誘うので、付いていった。銀座八丁目のビルの三階で「サーティ・セブン」という名のクラブを経営していた。剃髪に黒染の衣姿でカウンターの中にいた。現役時代のＢ１２０センチＷ５８Ｈ９５の豊満な姿態は崩れていなかった。

ママと何を話したのかは記憶にない。ただ自慰出版の『秘戯』の天紅を頼まれなかったかと聞いたことは覚えている。「桃ちゃん（七郎の芸名・桃原青二）は、ヒロセ元美の唇の方が好みだったのよ」と答えたような気がする。

ラブミー農場はアミーゴから徒歩で五、六分だというので、行ってみることにした。

昭和四十年にここへ移住した頃の写真を見ると、原野のようだったが、五十年近く経った現在は、道路が整備され、隣に工場が進出し、住宅も周囲に建ち始めた。芝生のような草が一面に生えていた。新しい所有者がいるということであった。

展示会場は狭かったが、内容は濃かったと充実した日をすごし満足して帰路についた。

僕が今、残念に思うのは日劇ミュージックホールの舞台を見なかったこと、夢屋の今川焼と焼だんごを食べなかったことである。

昔見世物　今コスプレ

八月といえば広島・長崎への原爆投下と、終戦記念日の月である。

僕の近所の公園でやっている「朝のラジオ体操」に入れてもらって三年になるが、紹介してくれた七十代後半の人は、毎年八月十五日の終戦日に、靖国神社へ参拝するようになって二十年経つという。

「面白いですよ」と言うので、何が面白いのか今年は僕も行くことにした。

かつて神保町の勤務先に十五年も在籍していたが、靖国神社の大祭に行ったのは、二、三回である。

考えてみたら、わが一族には英霊が一人もいないのである。

戦争時に適齢期でなかったり、他の仕事についていて徴兵されなかったり、出征したが生還したといった者ばかりであった。

靖国神社といえば、僕は安岡章太郎の作品で「九段　靖国神社」と「サアカスの馬」が記憶にある。

安岡章太郎の通っていた旧制中学校（第一東京市立中学校＝後の九段高校）の隣が靖国神社だった。春秋の大祭になると、境内にサーカスや見世物小屋が建ち、ジンタや呼び込みの声で「授業もロクに聞こえないほどだった」。

また坪内祐三の『靖国』（新潮文庫）の解説を野坂昭如《あきゆき》が書いているが、「坪内の分析によれば、靖国神社は、本来、ディズニーランドみたいな場所だったらしい」のである。

これらの文章に興味がある方は、別途、読んで頂くとして、さて、人は何歳ぐらいから記憶に残るものだろうか。

三島由紀夫の場合は『仮面の告白』によれば、「永いあいだ、私は自分が生れたときの光景を見たことがあると言い張っていた」と書いている。

ある人は、広島の原爆に遭った時四歳だったが、鮮明に記憶していると言った。異常な体験をすると、心に残るのだろう。

僕の場合は三歳頃である。お婆ちゃまに手を引かれて、靖国神社境内の見世物小屋に行った記憶がある。そして、恐怖の体験を味わったのである。

見世物小屋では「ろくろ首のお化け、熊のスモウや少女の綱わたり」とか、オートバイの曲乗り、のぞきカラクリなど、その他「親の因果が子に報い」式の奇形人間を見世物に、登場させることが多かったように思う。

その中に、僕が最も恐れたのは、頭と顔を包帯でぐるぐる巻にして、目と口だけ出した男だった。その男が僕の方へ近づいてきて、ギョロリとした目があって、思わずお婆ちゃまにしがみついた。

僕は乳離れの遅い子であったらしい。母はお仕事で朝からいないから、母恋しさにお婆ちゃまの乳房に吸いついていたそうである。

困ったお婆ちゃまは、「からし」を乳首に塗ったりしたが効果がなかったようだ。ところが靖国神社の効果はすぐ現れた。「白い包帯が来るよ」と言われると、お婆ちゃまから離れ、いたずらしている時にも「白い包帯が来るよ」と言うとすぐ止めたという。「白い包帯」がよっぽど恐かったのだろう。

さて、僕は初めて「八月十五日の靖国神社」へ行ったのである。その日は友人から生ものの宅配便が、午前中に届くというので、足止めをくっていた。午前中だから、せめて十一時半頃までに来るかと思ったら、十二時ピッタリに来たので文句のいいようがなかった。

毎年、日本武道館で開催される「全国戦没者追悼式」はテレビ中継で見ている。

この時期は夏の甲子園の最中で、正午になるとサイレンが鳴り、高校野球の試合を中断して、一分間の黙禱をする。そのシーンを見ると感激するのである。今年は試合が早く終わってしまったので、がっかりした。あれは試合中がいいのである。テレビで天皇陛下のお言葉を聞いた後すぐ家を出た。地下鉄東西線の九段下駅で下車した。改札口を出たところの宝くじ売場で、ロト6を五口買った。

靖国神社へ行く歩道は、お花見どきのような賑わいだった。

歩道橋に人が集まっていて、何をしているのかと思ったら、機動隊の交通整理を見物しているだけだった。

機動隊の姿かたちを、久しぶりに見たが、八月初旬に東京・中野のブロードウェイにある「まんだらけ」で万引されたブリキの玩具「鉄人28号」にどこか似ていた。

人の流れに沿って歩いて行くと、神門の所で動きが止まった。拝殿まで五〇メートルはあるだろうか、何分かかるか分からないので休憩所の方へ戻ると、出入口に席を占めているグループがいて、旧満州国の国旗が立っていた。傍に協和会員の上着に帽子を被った六十代の男が座っていた。旧陸軍の軍服姿の男が、鉄兜と水筒をたすき掛けにして軍旗を持って立っていた。

時間がくるとテープを流して、昭和初期の歌を数人で歌うらしい。

ここの売店で売っている土産物の饅頭が、飛ぶように売れていた。安倍首相の「晋ちゃんまんじゅう」と「靖国神社参拝記念饅頭」は同じ六百五十円で、僕もつられて「参拝記念饅頭」を買ってしまった。

僕は二十代後半に、饅頭製造機の会社に勤めていたので「饅頭恐い」の口である。売店にとっては、この旧満州国の一団は只でチンドン屋を雇っているようなものである。

一方、向かい側の現在、耐震改修工事中である「大灯籠」の前では、旧陸海軍の軍服姿の男数人がタムロしていた。参拝者がカメラを向けると、海軍士官は敬礼をしてサービスに努めていた。第二種軍装の白服は所々黄ばんでいた。

びっくりしたのは、明治天皇が粗末な椅子に御座りになっていたことである。九十歳近い老人は軍服姿で、娘か嫁らしき女性につき添われて、参拝者の求めに応じてカメラに納まっていた。

今年初めて登場したのか知らないが、ナチスドイツの独特な形をした鉄兜を被り、胸に鉄十字章をつけた五十歳前後の男がいた。

「SSの恰好はしないのか」と見物人の一人から聞かれていた。男は「金がかかるから」と答えていた。ドイツ人の観光客が複雑そうな目で見ていた。

木陰では、三十代の女性を中心にした数人が、トランペットやクラリネットの管楽器を吹くと、通りがかりの参拝者が足を止め、円陣を組んで軍歌を歌い出した。一曲終わるとリーダーらしき女性が、

「次は〈同期の桜〉を歌います。歌集の××頁です」と言うのを聞いていると、昔の歌声喫茶を思い出した。

靖国神社を後に、靖国通りを古書店を覗きながら、駿河台下の方へ歩いて行った。するとこ三省堂書店前の猿楽町の通りから、日の丸を持った集団が現れ、靖国神社の方へ無言で向かっていた。その数五、六百人か。

パトカーを先導に、宣伝カーが「海行かば」を流してゆっくり行進していた。最後尾の人が「誰でも今からでも参加できます」と、見物している人に薦めていた。宣伝カーには「8・15英霊に感謝し靖国神社を敬う国民行進」とあった。

靖国神社境内の大灯籠の付近に、軍服姿の連中に交じって等身大の従軍看護婦のフィギュアが、一体置かれていたので関心を持った。

従軍看護婦については、僕も興味があったので、資料を収集している。

日本赤十字社によると、一九八八年（昭和六十三年）までに確認された戦争犠牲者は一、一一八名であった。

ロト6で高額賞金が当たったら、とこんなことを考えた。従軍看護婦の変遷をテーマに、十五歳から二十五歳までの女性を募集し、二十人から三十人を選考し、日清・日露戦争から第一次世界大戦、満州事変・日中戦争、太平洋戦争までの制服、白衣、帽子、靴、鞄、その他小道具など資料から忠実に作る。

モデルの体型にあわせて着衣のウラ側に冷却装置を付け、行進の訓練もして、八月十五日のみに演ずるのだ。

ところで、靖国神社の印象を一言で言うならば――「昔見世物　今コスプレ」であった。

来年は開門時間にあわせて行こうと思った。

秋声や地球儀の中がらんどう　福永法弘

百閒夢譚

墓地売出しの電話セールスが、最近、下火になってきたと思ったら、今度は宅配新聞の中に、広告チラシが入ってくるようになった。

先日、自宅から程近い金剛寺のチラシが入ってきた。みると、墓地業者がすべて代行するようである。

金剛寺といえば作家・随筆家・俳人として著名な内田百閒の墓がある。僕が初めて墓参したのは十五年前である。

墓石の正面には本名の「内田榮造之墓」と刻まれ、墓碑の左に名刺受、右に句碑が建っていた。句碑には〈木蓮や塀の外吹く俄風　百閒〉とあった。

隣には二番目の妻の「こひ」の墓がある。百閒の墓を建立した時に「こひ」が生前建墓したものである。墓石の正面に観音像が彫ってあった。そして、その隣は僕の記憶では空地になっていたのである。

新規に墓地を売るといっても、金剛寺にはまとまった更地がないから、現在の墓地の歯抜けになっている箇所を、提供するのである。

だから、そこを手に入れてお隣さんになれば、あの世で御用聞きのように、

「こんちわ！　今度隣に引越して来ました」

と、挨拶し親しくなれば、有志を集めて句会を開いたり、琴の指導をお願いしたり、できるかも知れない。たまには合奏しようということになり、

「米川君を呼んでみよう」

「米川君というのは、ドストエフスキーを訳したあの米川正夫先生ですか」

「そうだよ、この間も『残月』の手事《てごと》のところをお手合わせしたよ」

「宮城道雄大検校もお見えになるのですか」

「いや、こちらから谷中の墓地へ押しかけるのさ、今度連れてってあげますよ」

「僕は小学校高学年の時に、大検校の演奏を拝聴し、百閒先生の『弾琴図』に刺激されて、お琴を習うようになりました。最初のお師匠さんが芸大で大検校の教えを受けた、ということですから僕は孫弟子に当たります」

と想像したら、天にも昇る思いになり、早く新しい墓を確保したい、と金剛寺へ駆けつけたのであった。

境内には四畳半ほどのプレハブ小屋が建てられ、墓地業者の現地事務所になっていた。

そこには寄らず、まず、百閒先生の墓に寄った。

墓前には、月桂冠のワンカップが二個と缶ビールが一個供えられていた。

僕が記憶していた空地は、なんと通路になっていて石が敷きつめられ、隣の寺の墓地と背中合わせに真新しい墓が七基並んでいた。夢はついえてしまったのである。

十五年も経つと、墓地も金剛寺の周辺も変わっていた。墓地の通路は以前は土がむき出しになっていたが、雨が降るとぬかるむので石が敷きつめられていた。

百閒墓地の五メートル手前に、正方形の犬猫の慰霊廟が建った。正面の壁に愛犬、愛猫のカラー写真が名刺よりひと周り大きい寸法で、貼られていた。雨に濡れても破れないように、コーティングしてあるのだ。

猫好きの百閒にとっては、この慰霊廟は邪魔にならないだろう。

百閒墓地で一番の変化は「こひ」の墓に、妹の「ち江」が入ったことである。

「こひ」は東京・下谷の生まれで東京育ち、常磐津《ときわず》の上手な芸者だったらしい。妹の「ち江」がまだ半玉《はんぎよく》だった昭和四年に、百閒と三人で住んでいたことがあった。

百閒の琴を宮城道雄記念館に寄贈したのは「ち江」である。

参考に三人の戒名、没年、年齢を墓碑から筆写してみよう。

内田百閒　覺絃院殿随翁榮道居士
　昭和四十六年四月二十日　没　八十二歳
内田こひ　清絃院殿鯉月妙貞大姉
　昭和六十二年八月五日　没　八十歳
佐藤ち江　真奏院慈海妙智大姉
　平成十七年三月十三日　没　九十一歳

金剛寺の墓地に隣接した場所に最近、公園墓地がオープンした。墓地名から墓石やシステムも現代風で、五〇二区画を販売するというのである。百閒先生の隣の空地が消えて、がっかりしていたその時、白毛に黒のブチがある大柄な野良猫が突然現れ、僕を慰めるような顔をして、百閒先生の墓前を横切って、犬猫廟の裏側へ消えて行った。

◆

去る七月に兵庫県の県会議員の一人が、城崎《きのさき》温泉への百六回の出張など政治活動費から、交通費約三百万円を支出したことに対し、カラ出張ではないかと指摘され、その説明に号泣会見をしたことで話題となった。

「城崎温泉」といえば、僕は中学校の国語の教科書で習った、志賀直哉の「城の崎にて」の記憶があり、久しぶりに名前を聞いて懐かしくなった。

そして、もう一つの記憶に、六月一日に九十二歳で亡くなった、詩人那珂太郎のことがある。

那珂太郎については、平成二十四年二月号に「ある詩人の軌跡」のタイトルで書いたが、「城崎温泉」の名を聞いただけで、詩人の名がすぐ浮かんでくるのである。

詩人は海軍兵学校第七八期（予科）の二〇三分隊付の国語科教官であった時、生徒に志賀直哉の「小僧の神様」や「城の崎にて」を読んで聞かせたというのである。

このことは、阿川弘之のエッセイにも紹介されている。

僕は朝のラジオ体操で、八十三歳になる老人と知り合い、その方がこの七八期に所属していて、『針尾の島の若桜』という記録文集があるというので貸してもらった。

針尾の島とは、長崎県の大村湾に面した島で、そこに十四歳から十六歳までの若者を四千人集めた。

その二〇三分隊の生徒が手記を寄せている。

「那珂太郎との出会いは最大の幸運であったと思う。（中略）警戒警報で外出止めとなった日曜日、養浩館の畳の間で教官を囲み、岩波文庫で読んでいただいた志賀直哉の『小僧の神様』『城の崎にて』の強烈な印象も忘れがたく、これらの出会いが私の人生にもつ意味の大きさを、当時を思い返すごとにしみじみとかみしめるのである」と書いている。

ところで、最近の城崎温泉は有名温泉の上に胡座をかいて、評判がいまいちよくないようである。

そこで昔の文学の町を復活させようというわけで、今、脂の乗っている作家の万城目学《まきめまなぶ》に、志賀直哉が泊まった同じ旅館に泊まってもらってできた小説が『城崎裁判』だという。

この本は城崎温泉街でしか販売しないという。防水になっているから、お湯につかってゆっくり読めるようになっている。僕などは読んでみたいと思うが、果たして売れるのかどうか疑問である。

声の記憶

先日、ある句会に招かれたので行ってきた。男性は数人しかおらず、ほとんど六十代以上の女性が占めていた。句会終了後のお茶会で、そのうちの一人、Aさんが泥つきの里芋の話を始めた。一週間前に、大手スーパーの野菜売り場で一袋二百九十四円の泥つきの里芋を、近所に住む姉の分も含めて三袋買ってきた。

ところが、剝いても剝いても、腐っていてまともなものは一、二個しかなかった。生産者が悪いのか、スーパーのバイヤーが悪いのか、両方悪いのか、それとも両方悪くないのか、分からないが一応、知らせておこうとスーパーへ電話したそうだ。

翌日、ネクタイをしたスーツ姿の四十五、六の店長代理のような人物が玄関に現れた。「どうもすみませんでした」と言って、テレビの番組にある「はじめてのおつかい」に出てくる幼児のように、小銭を握っていた。

封筒にも入れず剝き出しのまま、じゃんけんのようにグーを出すので、Aさんは手を開いてパーを出して受け取った。

万引犯は捕まると、払えばいいだろう、とひらき直って言うらしいが、店長候補も返金すればいいだろうという態度だった。

「これは里芋代で、この五十円はお電話代です」と言って、Aさんの掌で五目並べをしているようだった。

最近は、お金を包むということを、知らない人が多いようである。封筒やポチ袋に入れるか、それがなかったらチリ紙に包みなさいと、家庭でも教えられたものである。

昔は、社内教育でポチ袋の作り方を教えた会社があったと聞いたことがある。

Aさんは店長代理が、遠いところをわざわざ来てもらって恐縮したので、車中で飲んでもらおうと、あらかじめ用意しておいたお茶を容器に入れて渡した。

インターネットで育った人達が増えれば、誰も教えてくれる人がいないから、マナーも悪くなってくるのであろう。

芋の露連山影を正うす　飯田蛇笏

◆

テレビで派手にコマーシャルを流していた企業が、いつのまにか消えていた、ということがよくある。「ジャパネットたかた」の社長が来年（二〇一五年）の一月十六日に引退すると、七月十二日に発表した。

デジタル家電の低迷とネット通販の競合により、二年前から売上げが落ちて来たと言う。

LEDで日本人の三人が、ノーベル物理学賞を受賞した翌日の、LEDのコマーシャルなどは、トイレで大便して戻ってきても、まだ延々とやっていた。

僕などはテレビコマーシャルやチラシ広告を配布されても、書籍以外は欲しいものがないから、購入したことがない。

ただ一つ「電子辞書」には食指が動いたが、操作を覚えるのが面倒なのでとうとう買わなかった。この「電子辞書」は過去十年間の売上げが一位で、百万台を突破したという。

これには『角川俳句大歳時記』も入っていて、ホトトギスの鳴き声まで内蔵していた。俳句教室などで「先生、電子辞書にはこうあります」などと突きつけられると、講師は困るらしい。

社長の独特なあの金きり声は、一度聞くと忘れられない音とイントネーションである。

この間も近所のホームセンターに行ったら、金きり声が聞こえてきたので社長かと思ったら、違う人だった。声を真似されていたのだ。社長の出現以来、あちこちで模倣されていたようだ。

社長の声はどこかで聞いた記憶があると、しばらく気になっていた。

先日、テレビで昭和史の回顧録を放映していた。昭和十六年十二月八日の「米《アメリカ》英《イギリス》軍と戦闘状態に入れり」という、あの金きり声の臨時ニュースが流れてきた時、これだ！と思った。

長い間、僕は軍部の広報担当者の声だと信じていたが、調べたらＮＨＫの館《たて》野《の》守男《もりお》アナウンサーだった。

ＮＨＫ連続テレビ小説「花子とアン」では、花子を指導していたアナウンサーが、落ち着いたゆっくりした口調で読み上げたので、事実と異なり緊迫感もなくがっかりした。

七十三年前の十二月八日に、臨時ニュースが流れた。

「臨時ニュースを申し上げます。大本営陸海軍部、十二月八日午前六時発表。帝国陸海軍は本八日未明、西太平洋において米英軍と戦闘状態に入れり」これを二度繰り返し放送したという。

太平洋戦争開戦の昭和十六年は、僕がまだ四歳になるかならない歳だったので、記憶にないのだが、「ジャパネットたかた」の社長の金きり声を聞くと、今にも戦争が始まるような気がするのであった。

◆

七月には埼玉県のある公民館の俳句会で互選された、

梅雨空に「九条守れ」の女性デモ

という句が「公民館だより」に掲載拒否され「表現の自由の侵害だ」と話題になった。句としてはいまいちと思ったが、この間、国会図書館へ行った時に、地下鉄永田町駅の改札から地上に出たら、丁度、デモ隊に出会ってこういう情景を詠んだのだなと実感した。日経俳壇の女性選者は、毎年六月が来ると樺美智子を詠った句を選句することで知られている。僕も関心を持っている。このところ入選句は毎年でなく、一年おきである。今年は、

九条の夏とや樺美智子の忌　（広島）保井甫・二〇一四年六月十五日

が入選句であった。

帝大出の主計中尉の将校だったある俳人は、安全な場所にいたのか、トラック諸島から無傷で生還した。僕はこの俳人の句は好きである。朝日俳壇の選者でもある俳人は、

守られて護る九条稲の花　（福井県池田町）下向良子・二〇一四年六月二十三日

青春の終りのその日樺の忌　（平塚市）日下光代・二〇一四年六月二十三日

の二句を選んでいた。
ところで、「九条の会」がノーベル平和賞を受賞することになったら、掲載拒否は続けるのだろうか。

師の齢過ぎし弟子らや横光忌　石田波郷

二〇一五年

去年今年

高濱虚子は、

去年今年貫く棒の如きもの

と詠んだが「虚子五句」に入る名吟だという。

昔は暮になるてえーと、新聞の文化欄に貧乏話や歳末風景などのエッセイが載っていた。それを読むと暮がきたなと思い、正月を迎える心の準備ができたものであった。執筆者は作家の木山捷平とか、詩人の山之口貘《ばく》などが常連であったような気がする。ここ四、五年は味のある貧乏話で、記憶に残るエッセイを読んだことがない。貧乏がなくなったわけではないだろうが。

生活保護受給者の増加、貧困家庭の給食費の未払い、さらに子供の貧困率が一六%を超えて過去最高になったと報じられている。

貧乏がはっきり見えないだけで、現実は深刻な状況になっているようである。

若大将が歩けば「ゆうゆう散歩」だが、僕が歩くと徘徊（俳諧？）になる。

去年の九月のこと、目的もなく東京・新宿を流していたら、末廣亭の前に出たので、久しぶりに入ってみた。今は昼の部、夜の部入替えなしで、木戸銭は大人三千円のところ、シルバーは一割引きの二千七百円である。

丁度、十代目金原亭馬生の三十三回忌興行の、その日が千秋楽であった。

馬生といえば志ん生を父に、志ん朝を弟に持つ落語界の重鎮だった人である。門弟達の落語の後「師匠を語る・父を語る」という座談会が舞台であり、馬生の娘で女優の池波志乃と、夫の俳優中尾彬も出演した。

特に、中尾彬の朗読は観客に感銘を与えた。朗読とは、馬生の書いた「わたしとおそば」という随筆である。あらすじを記すと、

――幼かった頃私の家は貧しかった。ろくに食事にありつけない、そんな時、母はそば粉を買ってきて湯でかき廻して、醤油を少しかけて「おあがり」といった。その美味しいことは今に忘れない。

その頃、暖房もなく寝られない私のために母は近所の人からもらった古いユタンポを差し出し、

「おそばやさんに行ってお湯を貰っておいで」と言った（お湯を沸かす炭もタドンもなかった）。普段食べに行ったことがないので店に入れず、いつまでも外に立っていた。そこへ通りがかったなじみの客が察してくれて、そばやの店主にユタンポのお湯をやるようにと、かけあってくれた。

店に入ると目の前で、天ぷらそばを食べている客がいた。その客が店主にドナった。

「オイこのガキに早く湯をやれ、そばがまずくなっちまうよ」

私は顔から火の出る思いだった。帰りの夜道でユタンポを抱きながら私は、

「今に大人になったらそばを山ほど食べるんだ」と泣きながら歩いた。

（日本の名随筆85『貧』小沢昭一編／作品社）


四百字詰原稿用紙で四枚足らずの文章だが、中尾彬は淡々と読み上げた。門弟達の落語よりも、大きく長い拍手が場内に響いて幕が下りた。

落語の「そば清《せい》」が馬生の名人芸の一つだったというが、うなずける話である。

この随筆は最初、蕎麦店の満留賀《まるか》が発行していた「雪の花」第一号（一九八一年十月）に載った一篇である。満留賀はあちこちにあるようだが、僕は神保町の古書街に行く時、地下鉄九段下駅から地上に出て専修大学前の交差点傍の店で、時々昼食をとる。蕎麦は旨いし、若女将がいつも笑顔の応対で、とても感じがいい。

それから二カ月後の十一月に、また末廣亭へ行った。昼の部に三遊亭円歌が出ていたので懐かしかった。病気で入院でもしているのかと思ったが、息遣いは少し苦しそうだったけど八十五歳とは思えない元気さだった。古典落語はやらないから、噺は落語界の回顧談が多い。それはそれで面白いのだが、僕としては「山のあな（授業中）」や「浪曲社長」をやってもらいたかった。「山のあな」は吃る表現があるので、差別のこともあって、自主規制をしているのかどうか、聞いてみたいものである。

プログラムに柳家三三の名があるので嬉しかったが、休みだった。小田原出身で前座の時からひいきにしていたので残念だった。

そういえば、この日は代演が三、四名もいた。こちらの方が問題だ。

どこからが暮で、どこまでが新年なのか。それは人によるらしいが、作家の山口瞳によれば「私は、競馬の有馬記念レースのあたりが暮であって、新年は大相撲初場所千秋楽までと考えている」と「男性自身シリーズ」に書いている。

僕の場合は、十二月の忘年句会（第二土曜）が暮の始まりで、新年は一月の新年句会（第二土曜）までである。

僕が四年前まで住んでいた神奈川県伊勢原市は、落語の「大山詣り《おおやままいり》」に出てくる大山の麓にあった。所属している結社の忘年会は、大山の「先導師旅館のY亭」の一室と決まっている。暮に魚河岸やアメ横に行かないと、「年の暮という感じがしない」という人もいるが、僕などはテレビの中継を見て暮の気分を味わっている。正月用の食材を買いに行くのだろうが、中には見物だけで、人に揉まれて歳末気分にひたっている人もいるだろう。

永井荷風の『断腸亭日乗』を見ると、荷風は毎年のように、正月に墓参する習慣があったようだ。昭和十年の正月には、俳句まで作っている。

元日やひそかに拝む父の墓
行くところ無き身の春や墓詣

日記の方を見ると、

正月二日。先考の墓を拜す。（大正十三年）
正月元日。午下雑司谷墓参。（大正十四年）
正月元日。雑司ケ谷墓地に往きて先考の墓を拜す。（大正十五年）
正月二日。午下自動車を請ひ雑司ケ谷墓地に赴く。（昭和二年）
正月二日。午下寒風を冒して雑司ケ谷墓地に往き先考の墓を拜す。（昭和四年）

正月元日。雑司ケ谷墓地に赴き先考の墓を掃ひ、又成島柳北《なるしまりゅうほく》の墓前に香花を供ぐ。（昭和十二年）

正月四日。午後雑司谷墓参。（昭和十三年）

と、書き写したが、荷風はついでに小泉八雲や成島柳北の墓にも詣っていた。

僕は暮に雑司ケ谷霊園に行ってきた。

東京で唯一残った都電荒川線に早稲田駅から乗車し、都電雑司ヶ谷駅を降りて徒歩二分である。線路を渡り交番の前を通り、花屋を右折、七番目の小路を左へ入って二つ目が、永井家の墓である。荷風の墓を真ん中に、左は父の久一郎、右は永井家の墓石が並んでいる。二メートルほどの植木に囲まれていた。

荷風の墓から五列先の十二番目に、陸軍大将、元首相の東条英機の墓碑がある。

二年前に来た時は、枯葉が墓石に積もり雑草が生え荒れ果てた感じだったが、今回は周囲の植木も形よく枝葉が刈られ、まるで散髪した頭のようにさっぱりしていた。

両脇に菊が生けられ、傍に日本酒の剣菱が一本供えられていた。名刺受には一枚の名刺も入っていなかった。

ところで、荷風の正月墓参はなぜか昭和十三年で終わっている。昭和三十四年に死去するまで、墓参の記述がないのは何故だろうか。

正月は例年、どこへも出ず自宅に引きこもり状態になっている。今年は落語、講談、浪曲の新人と、競輪のガールズケイリンを追っかけようと思っている。

大衆芸能で、この人は将来性があると見込んだ人が有名になると、嬉しいものだ。

ガールズケイリンの大晦日は奈良競輪場で、元日は伊東温泉競輪場へ廻るという、旅打ちの予定である。今までガールズであまり損したことはないから、厚めに買えば旅費ぐらい出るだろうという胸算用をしている。

昭和二年生まれ

徴兵も成人の日もないまんま　小沢信男

満州日和

今年の正月早々、評論家小林秀雄の全集未収録のエッセー三篇が見つかった、ということで話題になった。

その三篇とは「歴史に就いて」「北京だより」(一九三八年十一月二十九日〜十二月三日)「事変の新しさ」(一九四〇年八月二十七日〜三十一日)で、当時の満洲新聞に掲載されたものという。それが文芸誌「すばる」の二月号に再録された。

小林秀雄は戦前、満州(現・中国東北部)に三回行っている。第一回は一九三八年(昭和十三年)、第二回は一九四〇年(昭和十五年)、第三回は一九四三年(昭和十八年)である。

全集に入っている「満洲の印象」は読んだが、これは第一回目の帰国後にすぐ書いたものである。

小林秀雄と「満州国」……来年、大学受験の孫娘に「センター試験の問題に出そうだから、読んどきな」と「すばる」を渡したら、迷惑そうな顔をしていた。

俳句雑誌に漫画家を登場させるのは気が引けるが、村上もとかの『フイチン再見《ツァイチエン》！』に言及したい。

この作品は女流漫画家の二〇〇八年九十歳で死去した上田としこ（本名・俊子）の自伝風物語である。

「満州」を知るには、うってつけの作品である。今日、上田としこの作品を読もうとしても、現物の入手が困難だし、古書価も高い。

神保町の案内所で検索してもらったら、N書店に『ぼんこちゃん』の一冊が八千四百円で売っていただけである。

中野のブロードウェイの「まんだらけ」に行ってみたら、鍵のかかったガラスケースに『お初ちゃん』が鎮座していて売値は八千五百円になっていた。

あとは図書館を頼るほかない。明治大学が運営する「米沢嘉博記念図書館」と「現代マンガ図書館」に蔵書がなければ、読めないという現状である。

『フイチン再見！』は昨年（二〇一四年）、第43回日本漫画家協会賞優秀賞を受賞した。現在、既刊は四巻まで（二〇一六年九月で八巻まで）あり目下「ビッグコミックオリジナル」に連載中である。

今年の二月発行分までは、昭和二十年八月の終戦後、満州から博多港に引き揚げたところまでが描かれている。

上田家の概要を現在までの『フイチン再見!』からまとめてみよう。

としこの父は、上田熊生《くまお》といい九州出身の実業家の息子で、東京外国語大学露文科を出て横浜正金銀行の旧満州国ハルビン支店に勤務していた。母の總子は、江戸時代から続く日本橋室町の商家の娘で、室町小町と呼ばれていた。

としこは一九一七年(大正六年)八月東京麻布に生まれ、生後四十日でハルビンへ渡った。としこが三歳になった時、父は銀行をやめて、北満倉庫という会社を経営したり、松花江を航路とする航運会社を中国人と合弁で設立した。大豆輸送や関東軍への軍事物資の納入で順調に成長を続け、ハルビン実業界では有力者となっていた。

としこには兄・淳一、姉・康子、弟・裕二がいた。兄は早稲田大学を出て満州日日新聞社のハルビン支局の記者になった。弟はハルビン学院の第二十期生として昭和十四年に入学した。としこは漫画家を目指して東京でクロッキー研究所に通っていた。そして、政治風刺漫画を主に描いていた近藤日出造に、その弟子の塩田英二郎から紹介されて会ったのは、昭和十七年、日出造三十四歳、としこ二十五歳であった。としこは日出造の顔を一目みて、野球のホームベースを連想した。

日出造は開口一番「キミは漫画家に向かない!」と言った。「世間知らずのお嬢さんすぎて……、漫画家は屑拾いと同じだよ。世の中の色々なことを拾って心の中に溜めておかなくちゃいけないんだ。お勤めをしなさい！　私が職を世話してもいい」と言った。

近藤日出造といえば、僕は週刊読売の「やァこんにちは」とか週刊漫画サンデーの「近藤日出造・杉浦幸雄の歩く座談会」などを愛読していた。

世の中には対談の名手という人がいる。

ざっと思い出しても、古くは週刊朝日に連載していた徳川夢声とか内田百閒、山口瞳も面白いし、深沢七郎も数十人と対談しているだろうし、最近では中卒を誇示している西村賢太などは、分野を問わずこなしているから大したものである。

女性では黒柳徹子とか阿川佐和子がすぐ頭に浮かぶ。

そのうち読もうとか、参考資料としてとりあえず買っておこう、というような本がある。漫画サンデーの編集長だった峯島正行が書いた『近藤日出造の世界』（青蛙房）もそういう本の一冊であった。パラパラめくっていたら最後の頁に、「中野区上高田の自宅近くの神足寺《じんそくじ》の墓地に葬られた」と記されていた。上高田四丁目には、六つの寺が固まっている。

神足寺は内田百閒の墓がある金剛寺の隣であった。両寺の墓地は背中合わせになっていた。神足寺の住職に日出造の墓を案内してもらった。百閒の墓と直線距離にして三〇メートル位しかなかった。墓石の側面には、次男と妻の戒名と並んで、

正定院釋秀漫
昭和五十四年三月二十三日
俗名　秀蔵　行年七十一歳

と刻まれていた。僕は線香を手向け手を合わせた。

近藤日出造に「働け」と言われたとしこは、十社以上面接したが、どこも採用されなかった。結局、父に頼んで満鉄ハルビン鉄道局に入社した。満鉄には二年勤務したが、その間、としこは女子社員の待遇改善に奔走し、貢献した。

満鉄の女子社員の序列は、軍馬、軍犬、鳩、雇員と言われ、伝書鳩より下であった。給料は安く、防寒服や防寒靴の支給もなかった。最も驚いたことは、女子社員は満鉄の医療施設を利用できないことだった。

僕は満州関係の資料を集めて読んでいたが、この漫画で初めて知ったのである。

としこは、ある事件で満鉄を去り、兄・淳一のいた満州日日新聞社に転職したが四カ月後、終戦となり、としこは二十八歳になっていた。

弟の裕二が入学したハルビン学院の第二十期には、俳人の小沼正俊や『チェーホフの生涯』『ツルゲーネフの生涯』『若きゴーリキー』などの著作がある佐藤清郎がいた。

一年後輩の二十一期には、ロシヤ文学者の内村剛介、工藤精一郎がいた。後に朝日新聞広島支局長になった瑠璃垣馨は、上田家へよく遊びに来ていた。僕の先生は十九期生で『シベリア流刑史』『帝政ロシアの光と影』の相田重夫だが、一年後輩の裕二と校内ですれちがっていたかも知れない。

一九七〇年版の「同窓会会員名簿」をみると、裕二は昭和四十三年十二月に死亡と記されている。四十五歳の若さであった。住所は東京・新宿区中町三一番地汚田方となっていた。中町といえば箏曲家の宮城道雄記念館がある。「神楽坂の毘沙門さま」の裏手である。記念館の住所は中町三五番地だから、向う三軒両隣にいたと思われる。

父の上田熊生は、としこの証言によれば「昭和二十一年九月、強制引き揚げ命令が出て、ハルビン駅で列車を待っているときに、父は八路軍に連行された。二週間後に文化戦犯として処刑された」となっている。

これを裏づけるように、元ハルビン日本遺送民会職員であった長谷川潔の著書『北満州　抑留日本人の記録』（波書房）には、次のように記されている。

「現地銃殺者　上田熊生　駅頭にて逮捕　三ヶ月の公安局監禁後、ハルビン市郊外　鎮河にて銃殺」

この本には判明している八名の氏名は載っているが、その他十数名の氏名が分からないという。

村上もとかの絵はうまく、好きな絵柄である。上田としこの生き方、ハルビンの風景など充分に堪能した。僕としては博多港入港のところで終わりにしてもいいのだが、上田としこの自伝を描いていくならば、これからの展開が楽しみであり、毎号漫画誌の発行が待ち遠しいのである。

草に入る陽がよろしく満洲に住む気になる　尾崎放哉

犬と桃園

犬連れて行きかふ人ら桃の花　福永法弘

先日、小田急線の町田駅に下車し、南口にあるブックオフに寄って、福永法弘の『千葉・東京俳句散歩』を二百円で購入した。「文学散歩」の本はよく見かけるが、「俳句散歩」はあまり見かけない。

この本の定価は千六百円だが、値段が三回も変わっている。一回目は七百六十円、二回目三百六十円、三回目二百円となっていた。

これでもか、これでもかと叩き売りのようにして、やっと僕と出会ったわけである。

僕は月一回のペースで町田に行くが、真っ先に北口にある古書店の「高原書店」に寄ることにしている。

女店主は『祭りの場』で芥川賞受賞の林京子とそっくりな方である。『舟を編む』の三浦しをんは、ここに勤めていたというが、僕は知らなかった。

この『俳句散歩』の本は、右頁に自作の一句を掲げ、左頁にその句にまつわる話をエッセイ風に綴っている。この短文が良くできていて句を引き立てていた。東京23区のうち、僕が住む中野区をどう詠んだか興味を持って抽出したのが、冒頭の一句である。

JR中野駅周辺に五代将軍徳川綱吉による犬小屋設置と、綱吉没後に犬小屋を廃止した跡地に、八代将軍吉宗が桃の木を植えて「桃園」と名付けて、江戸庶民の行楽地となった。

その後ずっと下がって戦前、「陸軍中野学校」というスパイ養成所があった、と書いている。

僕が気になったのは最後の一行で、

「犬小屋史跡碑は中野区役所脇に建っているが、中野学校跡を示すものはどこにも見当たらない」という個所である。

「陸軍中野学校趾」碑は警察学校の敷地にあったが、二〇〇八年（平成二十年）に東京警察病院を建てる時に、早稲田通りに面し、隣の早稲田大学中野国際コミュニティプラザとの境界にある植え込みに移動したのである。

ちなみに、碑の裏面には次のように刻まれている。

國際情勢の緊迫と列強秘密戰の激化に鑑み軍は昭和十三年七月九段に後方勤務要員養成所を

臨設 翌年四月現在地に移設し昭和十五年八月これを陸軍中野学校と改称した 昭和二十年四月群馬県富岡町に移転するまで六星霜全軍より厳重に審査簡抜せる要員を集め情報勤務教育を施すと共に國軍高度の秘密戰研究に當った 創設の精神を發揚し負荷の重責を果すため本校は特に精神の陶冶を重視しその中心として楠公社を建立 学生は夙夜この社頭に魂の修練を重ねた 此の碑の立つ所即ちその跡地である

陸軍中野学校初代幹事 福本亀治謹書

中野校友會建之

ついでに言うと、この碑と並んで高さ一メートル弱の石碑が建っている。表面は、

摂政宮殿下行啓記念

大正十二年五月二十八日

とあり、裏面には、

昭和六年三月

軍用鳩調査委員事務所職員一同

陸軍□ 山田益次謹

と刻まれている（□は読み取れなかった）。

明治の末に電信隊が設置され、軍用鳩の研究を始めた。摂政宮殿下とは昭和天皇のことで、大正十二年に視察されている。その三カ月後に関東大震災が起きた。

僕の幼少時代には、軍用鳩研究の影響もあってか、中野には小鳥屋が多かったのである。ペットは犬猫に移り、小鳥屋は商売替えしてしまった。

しかし、鳩は今でも引き継いだ方がいて、レース用の鳩を数百羽、中野駅に近いビルの屋上から毎日夕方になると、放している光景を見るのである。

さて、「陸軍中野学校趾」碑の場所が分かったところで、話を犬小屋に戻そう。

徳川五代将軍綱吉は、お世継ぎの徳松君を亡くして悲しんでいた。

ロシヤのニコライ王朝に深く食い込んでいた「聖なる悪魔」グリゴーリイ・ラスプーチンのような人物は、どこの国にもいるようで、綱吉の生母桂昌院《けいしょういん》が深く帰依していた知足院《ちそくいん》の隆光《りゅうこう》という僧が、「将軍に世継ぎが授からないのは、前世の殺生の報いである。将軍は戌年生まれだから、特に犬を大切にするように」との説教を本気にした綱吉は「生類憐みの令」を発し、中野村に約三十万坪の土地に五つの「お囲《かこ》い」を作って、最盛期には八万数千頭の犬を保護した。

この辺りを「囲町《かこいちょう》」と言っていたが、地名変更で今は消えてしまった。

この「お囲い御用屋敷」（犬小屋跡地）はその後、明治期に陸軍関係の施設が出来て、中野は発展した。鉄道隊、電信隊、気球隊、軍用鳩研究所、昭和に入ると陸軍憲兵学校、陸軍中野学校などが設置された。

終戦後は一時、進駐軍（米第八軍）の管理となった。この第八軍の先祖は、映画の西部劇によく出てくるインディアンと戦う第七騎兵隊ではないかと思う。その証拠に、門扉には馬蹄型の紋章が掛かっていたからだ。

その後、進駐軍から返還された跡地に、警視庁警察学校が開校された。

「犬の保護所から、今度は犬の養成所か」という人もいたようだ（平成十三年八月府中へ移転）。自宅周辺や隣町を散歩していると、犬を連れている人が多い。中には大型犬を三頭も連れている中年女性もいた。引き綱をさばく仕草は、まるで鵜匠のようで思わず苦笑した。

電柱に小便すると持ってきたボトルの水をかけている光景を見るが、道路に糞の原形が残っているのを見ると、マナーはいまいちのようである。

中野区は伝統的に（犬屋敷があったから）飼い犬が多いのではないかと調べてもらったら、東京都の登録犬約五十二万頭のうち、中野区は九千八百頭で十三位であった。一位は世田谷区、二位は練馬区でやはり空巣やひったくりの多い地域には、飼い犬が多いようである（平成二十五年度調）。

僕は犬猫を好きでも嫌いでもない。妻が犬好きで、家に犬がいなかった時期はなかった。スピッツとかヨークシャー・テリアなどの座敷犬が多かった。

十数年前、ヨークシャー・テリアを遺して妻が亡くなった。面倒を見ていた娘が嫁に行ったので、僕が飼う羽目になった。それから数年後、動物病院に通院するようになった。食事もせず、鳴かなくなった。

一月後、普段鳴かなかったのに、夜中に何回も鳴いて、僕を呼んでいるようだったので行ってみると最後の力を振り絞るかのように「ウワンウー　ウワンウー」と鳴いた。

「長い間お世話になりました　サヨウナラ」と、言っているように僕には聞こえた。

そうか、犬でも最後の「お別れ」をして逝くのだ。翌朝、お隣の奥さんに知らせに行ったら、お線香を持って来た。「うちは業者に頼んだけど、庭に埋めたらどうかしら」と言うので、僕は妻が植えた紅枝垂のそばに埋めてあげた。……

五代将軍綱吉の死後、八代将軍吉宗は犬屋敷の「五の囲《かこい》」の跡に桃の木を五十本植え、茶屋を置いて「桃園」とした。

江戸の名所として賑わったようだが、今はその面影はない。「桃園」の地名は消え、桃花小学校、桃園通り、桃園会館といった名称だけが残っている。

これではいけないと、平成九年に「中野の桃園に桃の花をいっぱい咲かせる会」を発足させ、毎年七十本植樹しているという。
中野区役所の裏の「三の囲」と「四の囲」の跡地は今「四季の森公園」となっているが、桃の木は九本しかない。四季の森にするのが目的だから、桃の木だけを植えるわけにはいかないようだ。いずれ桃の花見に行けるようになるだろう。

　商人を吼ゆる犬あり桃の花　蕪村

という句を見つけたが、

　警官を吼ゆる犬あり桃の花

とした方が中野に相応しくないだろうか。

青山霊園と無名戦士墓

今年の文芸部門、上半期の収穫は、高井としをの『わたしの「女工哀史」』（岩波書店）の文庫化と、宮田毬栄の『忘れられた詩人の伝記――父・大木惇夫《あつお》の軌跡』（中央公論新社）であろう。

細井和喜蔵《わきぞう》の妻であった高井としをが書いた『わたしの「女工哀史」』の文庫化を要望したのは、文芸評論家の斎藤美奈子である。

この本は一九八〇年（昭和五十五年）草土文化で発行していて、時々古書展で見かけたが、僕も数年前に手に入れて知っていた。

東京新聞（二〇一四年八月二十七日）の「本音のコラム」欄に、ブラック企業についての必読書は、小林多喜二の『蟹工船』ではなく、細井和喜蔵の『女工哀史』であると斎藤美奈子は書いた。

「出版（そして没後）九十周年を迎える来年の夏まであと一年。『わたしの「女工哀史」』をどこか文庫にしてくれないかしら」

僕はこのコラムを読んで「そうだ、そうだ」と拍手を送ったが、売れるかどうか分からない本を発行するような奇特な版元は現れないだろうと思った反面、富岡製糸場が世界文化遺産登録（二〇一四年六月二十一日）に決まったのだから細井和喜蔵の『女工哀史』にも光を当てるべきではないか、『女工哀史』が岩波文庫に収録されているから、岩波文庫になれば抱き合わせで理想的なのだが、と念じていた。

それが、現実になった。今年の五月十五日に岩波文庫になって書店の棚に積まれた。

斎藤美奈子がコラムに書いた九カ月後であった。細井和喜蔵の『女工哀史』最新版の奥付けを見ると、二〇一四年六月二十五日に第六十三刷となっていた。つまり富岡製糸場が世界文化遺産登録となった四日後には、もう動きがあると判断して増刷したのであろう。

『わたしの「女工哀史」』を、斎藤美奈子は「女工快史」と言った。この文庫化を僕は「快挙」と言いたい。

東京新聞も「こちら特報部」で取り上げた。

その記事で僕は、細井和喜蔵の墓が「無名戦士墓」として青山霊園にあることを知った。

七月の某日、猛暑で死者も出たというのに熱中症対策に、塩あめとポカリスエットを鞄に入れて出かけたのである。

東京都立の四大霊園といえば青山、染井、雑司ケ谷、谷中霊園である。青山と染井霊園にはまだ行ったことがない。

自宅からだと都営地下鉄の大江戸線に乗って「青山一丁目」まで約四十分である。

まず管理事務所に行き「霊園案内図」と「著名人の墓所番号表」などを貰う。職員に細井和喜蔵の墓を聞いたら「案内図」に「無名戦士」と印刷されている個所を指して教えてくれた。正式な墓所番号は「一種ロ第12号14側5番」である。

「細井和喜蔵をはじめ、労働、社会、平和運動に取り組んだ4万人以上が合葬されている」という。著名人としては貴司山治《きしやまじ》、葉山嘉樹、藤森成吉、山崎今朝弥《けさや》などが挙がっていた。

管理事務所から約三百メートルの警視庁墓地の中央左側に、「忠犬ハチ公の碑」が建っていた。見ると飼主の東京帝国大学農学博士の上野英三郎の墓石の片隅に、小さな祠があり秋田犬の玩具や造花などが供えられていた。

ハチ公が死んで八十年になるが、未だにハチ公の墓はどこですか、と訪ねて来るという。

写真を撮っていると、ネクタイをしたスーツ姿の六十前後の人が、「これですか、ハチ公の墓は」と僕に聞いてきた。

最近、博士とハチ公の銅像ができたのはご存じですかと聞いたら、知らないというので、東京大学農学部の正門入って左手の樹木の下に、ハチ公が博士に飛びついている銅像が建ち、ハチ公の命日の三月八日に除幕式をやったが、一般市民が五百人も集まった、と教えた。

さらに、東大五月祭には銅像前に模擬店が出て、今川焼きに似た「ハチ公焼き」を焼いていた。表面の皮の部分に、ハチ公の足裏の焼き印を押して一個二百円で売っていた。

高いとは思ったが、皮も餡も厳選された材料で試行錯誤を重ねて完成させたようで、味は美味しかった。

男性はこれから新しくできた銅像の方へ行くと言った。

「忠犬ハチ公の碑」から百五十メートル先に、目的の「無名戦士墓」があった。

どこから持ってきた石か知らないが、三角のおにぎり型の自然石に対面して、僕は暫く立ちつくしていた。

いつも墓地へ行くときは、スケールを持って行くのだが、その日は忘れてしまった。目測で高さ二メートル、幅二・五メートルの自然石の中央に、

無名戦士墓

一九二五年八月

二十九歳没

細井和喜蔵遺志會

建之

と、藤森成吉の筆で刻んである。

墓前の左右には大きな花入れがあり、三月の墓前祭で供花した花が枯れたままになっていた。三段の石積みの上に玉砂利を敷き、さらにその上に「無名戦士墓」の墓石がのっているから、見上げる形になる。

紆余曲折はあったが、この墓所は『女工哀史』の印税で買い取ったものである。

建碑祭は一九三五年（昭和十年）三月二十八日に挙行した。同年三月八日に「忠犬ハチ公」が渋谷で死んだ。ハチ公の亡骸は剝製にして国立科学博物館に展示され、飼主の上野英三郎の墓所に祠が建てられた。

「無名戦士墓」の石をじっと見ていると、労働者の顔に刻まれた皺に見えてくるし、昼飯のにぎり飯を頬張る姿も連想させる、実に味わい深い石であった。

◆

宮田毬栄の『忘れられた詩人の伝記――父・大木惇夫の軌跡』は、どの新聞の書評を見ても評判がよかった。

著者は大木惇夫の次女で、中央公論社では文芸誌「海」の編集長や雑誌・書籍の編集をしていた。三女の章栄《ふみえ》は「大木あまり」の俳号を持つ俳人である。

筆者は「あとがき」で「私が書いておかなければ、忘れられた詩人のかすかな痕跡さえ残らないかもしれなかった」と書いている。

父の伝記を書くように勧めたのは、井上ひさしと北杜夫だが、すでに死亡している。

僕が大木惇夫の名を知ったのは、中学生の頃である。入学した新制中学には校歌がなかった。生徒会やＰＴＡで校歌を作ろうという気運が高まり、募金をつのり新任の校長に直訴したところ、日本一の中学にするには校歌も一流の詩人に頼もう、ということになった。校長が戦前に愛読し尊敬していた大木惇夫が、昭和九年に流行った東海林太郎が歌う「国境の町」の作詞と知ってこの人に限ると、アポもとらずに大木宅を訪問したのである。

数日後、大木惇夫は来校し、まだ武蔵野の面影を残す学校の周囲を、もの思いにふけりながら歩き回っていたという。

そして、出来上がってきた校歌の一節は、

武蔵野の丘べのみどり
麦の穂の伸びゆくごとく
康けしわれら思い明るし

この園に睦みつちかい
労《いたず》きてよき実を結ばん
すこやかにああたくましく

年一回の同期会は、校歌を歌ってお開きになる。その後、旧友が経営するスナックへ流れてカラオケのお時間となる。

僕の定番は、東海林太郎の「国境の町」「赤城の子守唄」「名月赤城山」の三曲であるが「国境の町」は必ず歌うことになっている。

半年振りに今夜行ってみるか、来年は同期会の幹事を押しつけられたし――

生命のつよさあやふさ風の萩　山元志津香

二〇一六年

ステーキに立飯台

先日、テレビを点けたら、例の「プレバト‼」というバラエティ番組で、毒舌女性俳人の俳句教室を放映していた。

一人のタレントが昇段試験を受けているところだった。「才能アリ」の句を何回か出すと「特待生」となり、「名人」になり最終的に「師範」となっていくようである。

ちなみに、このタレントの結果は不合格で、「現状維持」という判定であった。

近頃、いろいろな検定試験が生まれている。

珠算検定、簿記検定、漢字検定などは古いようだが、古本検定、お城検定とか新しくできたものもあった。

最近できた「太宰治検定」などは、町興しの一つとして登場した。

僕は五、六年前から「俳句検定試験」を提唱しているのだが、だんだん実現に近づいてきたようだ。

この俳句検定を、小・中学校に取り入れ、組織と運営資金を提供していけば、文化勲章も俳人に回ってくることは間違いない。

高齢化と少子化で、俳句人口が減って行くことを危惧する人がいるようだが、でも「安心して下さい。俳句は無くなりませんから」

◆

先日、テレビを点けたら、旅番組を放映していた。安易にできるからどのテレビ局でも扱っている。

タレントが一人で歩くのや、女性二人組や、バスに乗り継いで行くのやらいろいろである。

僕は旅行が嫌いである。刺身と山菜が嫌いだから、食卓に載っているものは、半分は残してしまう。タレントが旨そうに食べても、食べたいとは思わない。

しかし、旅番組は好きなのである。

僕が旅行嫌いなのは、マナーの悪い人がいるからである。旅行会社のツアーに参加しても一人や二人は必ずいるものである。上手く説明できないが、ハナモチならない連中がいると帰りたくなる。

最近、町に出歩くと踵を踏まれることが多くなった。これは人混みでの、僕の歩き方が悪いようである。分析してみると、後足を前に出すのが遅いからだった。それと大股歩きだと踏まれる率が高くなる。

踏んだ人から謝罪の言葉を聞いたことがない。何も言わずに逃げるように、走り去って行く。自分は悪くないと思っているようだ。

歩道を歩いていて気がついたのだが、最近避けない人が多いように思う。ぶつかるということは、こちらも避けないことだからお互いさまか。

雨の日などは、事態がもっと悪くなる。傘のぶつかり合いになって、意地の張合い状態になる。歳をとれば動作も鈍くなるし、転ぶことも頻繁となる。

散歩できるのもあと何年だろうか。

◆

先日、テレビを点けたら、若い女性がステーキを立食いしている場面を放映していた。

胸元まで高さのある一人用の丸テーブルで立ったままナイフとフォークと口を動かしていた。

店内は満席だった。一つのテーブルが三回転すれば利益が出るという。看板を見ると「いきなりステーキ」とあった。

駅のホームの立食いそば屋には慣れているが、ステーキ、焼肉、高級フレンチ、懐石料理まで立食いがあるらしい。

立食いと言えば、僕は伊豆半島の下田にあった飯場《はんば》を思い出したのである。

大学時代の夏休みに、同級生二人を連れて伊豆半島一周の旅をした。金欠の三人だったから、米と飯盒（将校用）それにテントを担いでの無銭旅行だった。

下田に着いた時、米を炊く水を貰いに行った家が、現在工事中のホテルを仕切っている親分の家だった。「あんちゃん達、手伝ってくれないかね」というので、金は欲しいしでも怪我はしたくないし、三人で協議した結果、土工の手元で十日間だけ働くことにした。

飯場の朝食は立飯台で立ったまま食べる。昼食は現場の適当な場所で座って食べる。夕食は「極楽めし」と言っていた。酒が一合つくのでそう呼んだのか、オカズが一品多くつくからそう言ったのか分からない。

僕は酒を飲むが、二人は飲まないから、酒の好きな土工に回してやって喜ばれた。

米飯と味噌汁はおかわり自由だった。入浴は食事の後である。入浴時間は十分。「刑務所より短いよ」と五十前後のオヤジさんがつぶやいた。

慰安会の時、何か歌ってくれというので、三人を代表して当時、流行っていた一節《ひとふし》太郎の「浪曲子守唄」を歌った。この歌は僕も好きで暗記していた。高倉健の「網走番外地」はまだ世に出ていなかった。

浪曲子守唄

越　純平　作詞・作曲
一節太郎　唄

一、逃げた女房にゃ　未練はないが
お乳ほしがる　この子がかわい
子守唄など　にがてな俺だが
馬鹿な男の　浪曲節《なにわぶし》
一つ聞かそか　ねんころり

二、土方《どかた》渡世の　俺等《おいら》が賭けた
たった一度の　恋だった
赤いべべなど　買《こ》うてはやれぬが
詫びる心の　浪曲節
二つ聞かそか　ねんころり
（三番略）

自分では上手く歌えたと思った。拍手はあったが座がシンミリしてしまった。飯場にはいろいろな事情を抱えた人が集まっている。選曲がまずかったかなと思った。俳句でよく言われる「つきすぎ」だったのである。

一節太郎は「懐かしのメロディー」のテレビ番組があると、今でも「浪曲子守唄」を歌い続けている。

バイトが満期になった時、親分は「伊豆の踊子」を嫁に世話するから、ウチの稼業を継いでくれないか、と盛んに僕に言ってくれたが、丁重に断って下田を離れた。

伊豆半島一周を共にした同級生と年に一回ほど会うのだが、いつも話題になるのは飯場で暮らした十日間のことである。

「今、騒がれているブラック企業なんか、考えようによっては、当時のタコ部屋より酷いのではないか」「タコ部屋以下ということか」「立飯台で食うステーキは地獄めしだ」

◆

先日、テレビを点けたら、御節料理の注文をとっていた。一月号だから何か新年の話題はないかと探してみた。

半年前、東京・高円寺を散歩した時に古書店のワゴンに入っていた渋沢秀雄の『散歩人生』という随筆集を三百円で買ってきて、床に積んでおいた。

表紙が麻布貼で函入りの贅沢な造本になっていた。

渋沢秀雄は渋沢栄一の四男で、東京帝国大学法学部を卒業し、僕が生まれた昭和十三年には、東京宝塚劇場の取締役会長に就任している。ついでに言うと、女優の岡田嘉子と杉本良吉がカラフトを越境したのはこの年の一月三日である。

僕は二十代の頃、著名な社会評論家の書生をしていた。田園調布に住んでいた渋沢秀雄宅へ使いで行ったことがあった。

借りた本を返しに行ったのか、本を借りに行ったのか、どちらだったか忘れてしまった。

昔、星セント・ルイスという漫才師が盛んに「田園調布に家が建つ」とかいうギャグを連発していた。当時は田園調布に家を建てることが、人生の成功者の象徴であった。

さて、『散歩人生』の目次を見ると、二八七頁の内五十五頁が正月の話であった。

元旦から三日までの日記帳の抜き書きが載っている。僕が興味をひかれたのは、終戦の日から五カ月足らずの昭和二十一年（一九四六）一月一日の日記であった。

好晴なれど風強し。K子とR（女房と近親の少年）と三人にて白葡萄酒を屠蘇用の朱盃にて飲み、雑煮を祝う。

この文章のどこに僕が興味をひかれたか、「分かるかなァ　分かんねぇだろうな」

初富士の窓一杯に立てりけり　渋亭

ＲＡＡと平和島

「白鳥《はくちょう》殺して死刑かよ！」

突然、若い男が喫茶店で新聞を見て叫んだ。男は作業服姿で近くの町工場に勤めていた。僕も言葉はかわしたことはないが、顔見知りであった。

これは、六十年ほど前の出来事だが、未だに僕の耳に残っている。男がいう「白鳥《はくちょう》」は鳥ではなく人間である。

世にいう「白鳥《しらとり》事件」とは、昭和二十七年一月二十一日、札幌市の街頭で当時の札幌市警察本部の警備課長、白鳥一雄警部が射殺された事件である。

その「白鳥事件」の求刑が昭和三十二年三月十一日にあって、村上被告の死刑報道が大きく載っていたものだから（スポーツ新聞だったかも知れない）、男は勘違いしたのである。

当時、二十歳前後だった僕は京浜急行線の大森海岸駅から徒歩七、八分の所にあった倒産した待合に泊まっていた。対岸は「平和島競艇場」であった。

金貸し銀行に勤めていた時である。担保にした家屋敷の管理をしていて、泥棒や浮浪者が入らないように、塀や植木に鉄条網をまきつけ、厳重に鍵をかけ、夜は寝泊りするのだが、最初は十畳とか二十畳の広い部屋で寝ていたが、落ち着かず、四畳半に替えた。ここの待合は純和風でトイレの便器などもナントカ焼を使い、庭園もこっていた。

当時は携帯電話などないから、日中、出かけようとしても、いつ本社から電話がかかってくるか分からないから待合から出られないのである。対岸にある平和島競艇場の開催日は、モーターボートの爆音がうるさくてしょうがない。しかし、どこへも逃げられないから、待合の二階から双眼鏡でレースを眺めていた。普段はすることがないから、もっぱら読書三昧で、ドストエフスキーの『貧しき人びと』や『罪と罰』や『賭博者』などを読んでいた。「オレはこんなことをしていていいのか」と思いながら——。

夕方五時を過ぎれば自由な時間である。同僚や友人を誘って大森の「のんべえ横丁」へ毎晩通っていた。一人だと淋しいし恐いから、待合に泊まってもらった。

最近、僕があの当時管理していた待合あたりは、ＲＡＡのあった場所ではないかと思い調べることにした。

ＲＡＡとは「Recreation and Amusement Association」の略で、「特殊慰安施設協会」といった。

進駐軍の米兵から、良家の子女の貞操を守る為、業者に慰安所を作らせたのである。大森海岸の第一京浜国道沿いの小町園が第一号店であった。その並びの悟空林、楽々もまもなくダンサーの名目で、慰安婦が送られてきた。

終戦は八月十五日、連合軍最高司令官ダグラス・マッカーサー元帥が厚木飛行場に到着したのは、八月三十日である。その前の八月二十七日にはもう慰安所がオープンしていたのだ。驚くべき早さであった。山田盟子の『ニッポン国策慰安婦　占領軍慰安施設・女たちの一生』の記述の中に、僕が管理していた待合の名も出ていた。

僕は急にＲＡＡの施設や平和島競艇場の現況を知りたくなった。

京急平和島駅で降りた。六十年ぶりの再訪である。駅の周辺はすべて変わっていた。

最も変わっていたのは線路が高架式になっていたことだった。喫茶店は分からなかった。

今でも脳裏に焼き付いている光景がある。浴衣に下駄を履いた十六、七歳位の少女が待合から出てきた。朝の八時頃だったか歩く方向が同じだった。踏切を渡る朝帰りの少女の背中を見て、僕はいいようのない怒りがこみ上げてきたのだった。

京急平和島駅前からバスで、ビッグファン平和島へ行く。ここにはパチンコ、スロット、ゲーム、ボウリング、天然温泉、映画館、スーパー、ドン・キホーテや、焼肉・寿司・そば・うどん・ラーメン・ロッテリアなどの飲食店が一カ所に揃っていた。

ボートレースの会場が広く大きく白堊の殿堂のようにそびえていた。モーターボートの舟券を買ったのは、この日が初めてである。売上げは競馬、競艇、競輪の順らしいが、モーター音は相変わらず大きいので好きになれない。もっとも、あの音を聞くとすっきりするという人もいるようだ。

平和島から対岸の元待合を見ると、十五階や三十階建の高層マンションが数棟並んでいた。僕は平和島から、第一京浜国道15号線を東京方面へ向かい、JRの大森駅まで歩いた。今後、二度と来ることはないであろう光景を見ながら一歩一歩足を進めたが、印象に残ったものはなかった。僕が歳を重ねたせいだろうか、と思った。

◆

NHK連続テレビ小説「あさが来た」を朝めしを食べながら見ている。主人公のモデル広岡浅子の実家は三井家だという。三井文庫は、僕の住むマンションから五、六分の所にある。去年、知らないで三井文庫の奥の方へ入っていったら墓地に当たり、五重の塔のような、屋根付の苔むした墓が何基も密集していたのには驚いた。

広岡浅子が日本女子大学の設立者の一人だったとは知らなかった。

二年前、行きつけの飲み屋の女将から相談をもちかけられた。小、中学の同級生のK君も一緒だった。女将の孫娘が日本女子大学の附属高校の二年生で、わけあって月謝が払えず滞納しているので退学させたいと自分の娘はいうのだが、ワタシはあと一年で卒業だし、退学させるのはもったいない、学校を続けさせたいから学資を貸してくれないかというのである。

「なんぼや」と聞いたら五十万という。私立大学の附属高校が年額いくら学資がかかるか知らないが、K君に「君は余裕がありそうだから、貸してやれよ」といって僕は逃げてきた。

K君の宅地は元はといえば地主は僕の家なのだが親父が負債をかかえてしまい、六十坪を頼み込んで買ってもらったのである。K君はそのうちの三十坪を売り、退職金とあわせて長男一家と住めるように三階建にし、一階にワンルームを三室造り、一室七万円の家賃をとっていた。

K君は女将と会って五十万渡そうとしたらもう二十五万追加してくれといわれた。去年の三月には返済完了の予定だったが、五万円しか返済がなく、督促すると泣き出すので困ってしまうという。

K君は目もとが勝海舟に似ていて、女将は瓜ざね顔で、髪を夜会巻きふうに結い上げれば、昭和四十四年頃の六十四歳の阿部定にそっくりであった。

その後、どう決着がついたか知らないが、この間女将の店の前を通ったらシャッターが下りていて、もぬけの殻だった。

追悼・野坂昭如

作家で歌手の野坂昭如が亡くなった（平成二十七年十二月九日）。八十五歳だった。

奇しくも十二月八日、日本軍のハワイ真珠湾攻撃の翌日であった。遺稿になるという「だまし庵日記」にまっ先に十二月八日の開戦日の言及があるのもうなずけることである。

学童疎開派の僕としては、焼跡闇市派の氏を尊敬していたこともあって、告別式に行ってみようと思った。

僕とのかかわりを強いてあげれば三つある。一つはPR会社に勤めていた時、原稿をホテルへ取りに行ったこと。二つは氏が月刊誌「面白半分」の編集長の時「三億円事件」の犯人に「手記」を募集する企画があって、僕が綾小路助平の筆名で「オレが三億円犯人だ」を応募したら採用されたこと。三つは僕の生地である東京・中野区沼袋に氏も住んだことがあって（『東京十二契』所収「其の九契・沼袋ぬばたまの夜」）親近感があったことである。

地下鉄の青山一丁目で下車して地上に出た。葬儀所は、右へ行くのか、左に行くのか通行人に聞こうかと思っていたら、丁度、左から喪服で歩いてきた七十前後の紳士がいた。目と目が合い、僕が口を開こうとした瞬間、相手が、

「野坂さんの葬儀でしょ、一緒に行きましょう」

と言った。あ・うんの呼吸であった。

紳士が道々語ったところを要約すると——

自分は七十二歳である。両親は昭和十三年に朝鮮から岡山に来た。自分は十八歳で東京へ出てきて、ある小さな新聞社（ひだり巻新聞と紳士は言っていた）の文選工になった。それから、いろいろあって日本橋で商売しているうちに、旦那衆に可愛いがられて、焼肉店は大きくなって、ここ青山にもあるが書画、骨董のコレクションをするようになり、お客も著名人が集まるようになり、野坂昭如もその一人だったという。

客商売をしていると、顔が広くなるようで、受付に行くと、知り合いが出てきて、丁重にあいさつを交わすと、式場内に案内されて参列席のどこでもいいから座ってくれと言った。

僕などはその他大勢の類だから、外に立っているか、集会室に詰め込まれて、テレビで中の容子を見るか、どちらかだろうと思っていたので助かった。

「あの人、誰ですか」と聞いたら「野坂さんが参議院議員だった時の秘書ですよ」と言う。

正面の祭壇は、白のユリとカーネーションで細長く三段に組まれ、二段目に遺骨、上段にモノ

クロの四十代の写真が置かれていた。

音楽葬ということで、午前十一時になると氏が唄ってヒットした「黒の舟唄」が式場に流れた。

葬儀委員長は放送タレントの永六輔。車椅子に座り、

「誰にもお経はあげていないが、キミにはあげる」

と言ってお経を二十秒位あげてから、

「野坂が言った言葉で記憶に残っているのは、『二度と飢えた子供の顔は見たくない』である」

と声をつまらせながら言った。

俳優の米倉斉加年《まさかね》も二歳の弟を栄養失調で亡くしている。初めて覚えた言葉が「(おにぎりを)一ツチョーダイ」だったと言う。

だから、米倉斉加年の描くおにぎりは、ごはん粒を一粒一粒描いてあって、胸に迫るものがある。

永六輔との記憶は、僕が地方都市の書店に勤めていた時、全国の書店巡りの一環で寄ってくれた。サインもするし写真撮影もOKだと言う。「ワタシと写真を撮ると高くつくよ」などと冗談でも言わなかったのである。

次の弔辞の最初は五木寛之だった。直木賞は野坂より一年先に受賞しているが、

「野坂昭如とは私たちの希望のともしびであり、先駆けの旗だった」

と、今にも泣き出しそうな声で語った。

原稿用紙に一枚少し。万年筆で書いた弔辞は二分三八秒だったそうだ。

二人目の弔辞は作家で僧侶の瀬戸内寂聴だったが、健康上の理由で参列できず、女優の檀ふみが代読した。

献奏は、バイオリニストの佐藤陽子がバッハの「アベマリア」を弾き、次女の夫らによる笛と小鼓の「獅子」という演奏があった。

最後に妻の暘子《ようこ》があいさつした。

「『戦争をしてはならない。戦争は何も残さず、悲しみだけが残るんだ』と野坂は言っていた。『火垂るの墓』は世界で読まれています。日本の大事な一冊になってほしい」と、いままでお世話になった人々にお礼を言って締めくくった。

最後に「マリリン・モンロー・ノー・リターン」を始め、野坂のヒット曲がエンドレスに流れる中、参列者が献花した。ファンなど約六百人が参列したという。

翌日のスポーツ新聞で、野坂昭如の告別式の記事が一頁を使って詳細に報じられていたのには感動した。

今度から著名な文学者が死亡したら、スポーツ新聞を全種類買うことにしようと思った。葬儀の帰りは、例の紳士にスターバックスでコーヒーをごちそうになって別れた。

僕は新宿に出て、行きつけの「M月館」で生ビール、キムチ、クッパの遅い昼食をして充実感を持って帰宅した。

「火垂るの墓」の映画・テレビは、過去に何回上映したか知らないが、僕は二回しか観ていない。かわいそうでかわいそうで、見るに堪えないからである。

東京大空襲はB29が三三四機、投下焼夷弾一六六七トンに対し、神戸大空襲はB29が五三一機、三一三二トンで投下焼夷弾が二倍近くも東京より多かったから大惨事となったことが理解できる。

野坂昭如の『アドリブ自叙伝』の目次を見ると、

★三月十七日神戸炎上
★六月五日の惨劇

と、神戸空襲の記述が詳細に載っていたのでいかに下調べをきちんとしていたかが分かった。

昭和二十年六月五日の神戸大空襲で養父母と家を失い、妹と二人で生活するが、終戦の一週間後に妹は栄養不良のため一歳半で死亡した。しばらくは家族の衣服を売って食いつないでいたが、売る物がなくなり、昭和二十二年十月、十七歳の時、養母の実家を頼って上京するも、飢えのため盗みをくりかえし、多摩少年院中野出張所に収容された（「プレイボーイの子守唄」）。

この多摩少年院中野出張所が、どこにあったか半年前から調べている。

僕の生地近く、思想犯、政治犯収容で有名な豊多摩刑務所（中野区新井）のあった、西武新宿線沼袋駅近くの妙正寺川沿いに少年院があったというのだ。

川沿いに住んでいる老人からの聞き書きなのだが、二十人位がラッパの指令で起床、点呼、食事、就寝と規律正しく生活していた。

やがて彼らは練馬の少年鑑別所へ移ったというのだが、昭和二十二年頃は米軍の占領下にあり、ＧＨＱ拘禁所（スタッケード）があったから、日本の施設があったとは考えられないのだ。

僕は豊多摩刑務所跡に建った「矯正会館」に行った。一階は刑務所収容者が作った製品を売っている。三階は「矯正図書館」になっている。

多摩少年院の東京出張所は、昭和三年三月に東京市麴町区に設置されたが、昭和二十年五月の空襲で焼失した。

中野区和田本町の日本指導会の建物の寄附があってそこを使用した。

その後、和田本町は杉並区に地名変更となったか、それとも、単なる誤植か分からないが、野坂昭如は「中野出張所」に一カ月収容されていたことは確かである。

この出張所は、昭和二十四年一月に練馬の東京少年鑑別所（通称ネリカン）に移ったのである。

遺稿となった「新潮45」の一月号の「だまし庵日記」が、

「この国に、戦前がひたひたと迫っていることは確かだろう」で終わっているのも印象的だった。

あとがき

本書は俳句総合誌月刊「俳句界」誌上に、二〇〇八年（平成二十年）八月号から、二〇一六年（平成二十八年）三月号迄の七年八カ月に亘って連載した、九十二篇の中から取捨選択して一本にしたものです。

最初、編集部から話があった時、毎月俳句をテーマに書くのは気が重いから、山口瞳の「男性自身シリーズ」のような気楽なものを書きたいと要望したら、快く承諾してくれました。

書名の『箏漏亭日常《そうろうていにちじょう》』の由来は、前回の『古本茶話』のあとがきに詳しく言及しましたが、永井荷風の『断腸亭日乗《だんちょうていにちじょう》』から拝借したものです。

そして私の「箏漏亭」は、「箏の音が漏れるあずまや」、つまり私の弾く箏の音が、私の住むお屋敷から漏れて来て、思わず立ち止まって聴き惚れるという意味なのです。

この一本ができたのも、長い間書き続ける場を与えて下さった「文學の森」代表姜琪東氏との出会いがあったからであり、深く深く感謝申し上げます。

二〇一六年（平成二十八年）十月

矢島康吉

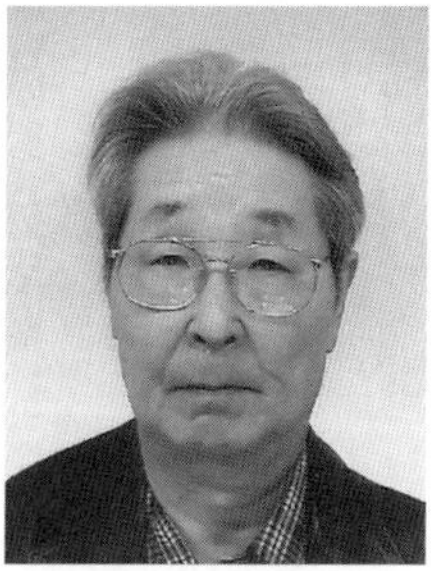

2016年３月撮影

著者略歴

矢島康吉（やじま・やすよし）

1938年（昭和13年）２月23日、東京・中野区生まれ。

早稲田大学文学部露文科卒。1998年（平成10年）俳句結社「朴の花」入会、長島衣伊子に師事。著書に句集『紅枝垂』、エッセイ集『僕の内田百閒』『古本茶話』など。

箏漏亭日常《そうろうていにちじょう》

発　行　平成二十八年十月二十九日
著　者　矢島康吉
発行者　大山基利
発行所　株式会社　文學の森
〒一六九-〇〇七五
東京都新宿区高田馬場二-一-二　田島ビル八階
tel 03-5292-9188　fax 03-5292-9199
e-mail mori@bungak.com
ホームページ http://www.bungak.com
印刷・製本　竹田　登

ISBN978-4-86438-542-8 C0095
落丁・乱丁本はお取替えいたします。